武侠小说史话

梁守中 著

天津出版传媒集团

天津人民出版社

图书在版编目（CIP）数据

武侠小说史话 / 梁守中著 . -- 天津 : 天津人民出版社 , 2019.8
（大家小札系列）
ISBN 978-7-201-15090-1

Ⅰ . ①武… Ⅱ . ①梁… Ⅲ . ①侠义小说 – 小说史 – 中国 Ⅳ . ① I207.409

中国版本图书馆 CIP 数据核字 (2019) 第174751号

武侠小说史话
WUXIA XIAOSHUO SHIHUA

出　　版	天津人民出版社
出 版 人	刘　庆
地　　址	天津市和平区西康路35号康岳大厦
邮政编码	300051
邮购电话	（022）23332469
网　　址	http://www.tjrmcbs.com
电子信箱	reader@tjrmcbs.com

责任编辑	李　荣
装帧设计	UNLOOK · @广岛Alvin

制版印刷	北京金特印刷有限责任公司
经　　销	新华书店
开　　本	880×1230 毫米　1/32
印　　张	8.25
字　　数	264千字
版次印次	2019年8月第1版　2019年8月第1次印刷
定　　价	54.00 元

目录

武侠小说的过去和现在

　　武侠小说始于何时？现在比较统一的看法是始于唐人传奇。唐代之前，先秦诸子虽有"谈侠""说剑"的记载，但仅是论中涉及，不是小说；《列子》中载有飞卫与纪昌师徒二人比斗箭技的故事，也只是武艺相较的一则寓言，与侠无涉。迨及汉代，司马迁《史记》中的《游侠列传》和《刺客列传》，写了朱家、郭解、专诸、聂政等游侠刺客，有一些类似武侠小说的东西，但那只是传记文学，也不能称之为小说。六朝时志怪小说盛行，内容多是谈神说鬼与搜奇志异，但其中也杂有少量颂扬豪侠勇武之作。如干宝《搜神记》中之少女李寄计斩大蛇及山中无名客代干将莫邪之子复仇的故事，就有侠气在闪动。但此类豪侠故事不多，情节也比较简单，当时尚未成气候。直到唐人武侠传奇出现，始具武侠小说的雏形。故本文便从唐人传奇谈起。

· 唐人传奇——武侠小说的始祖

唐代国力强盛，经济发达，文学领域出现了极其繁荣的局面。不但诗歌发展进入了黄金时代，而且古文运动也取得了很大的成就。与此同时，随着唐代都市繁荣和适应市民需要而发展起来的传奇小说大量产生。这些传奇小说，文采华茂，情致宛曲，为后世短篇小说开了先河，成为唐代文学中又一丛鲜丽的奇花。唐代初期及中期的传奇小说，以神怪及爱情的题材为主，作品甚多，成就极大。其最著者有《古镜记》《补江总白猿传》《枕中记》《南柯太守传》《无双传》《柳毅传》《李娃传》《霍小玉传》《莺莺传》《柳氏传》等篇。后期的传奇小说，则以表现豪士侠客的内容最为出色，其中最突出的当推《虬髯客传》《红线传》《聂隐娘》《昆仑奴》等篇。豪侠故事的大量出现，与唐代中叶以后藩镇割据的混乱局面有关。当时各地藩镇势大，互相仇视，彼此各蓄刺客以牵制和威慑对方。刺客成了争权夺利的工具，故此社会上盛行游侠之风。而神仙方术的盛行，又赋予这些侠客以超现实的神秘主义色彩。人们在动荡的社会中对现实不满，又找不到出路，便寄希望于那些锄强扶弱、伸张正义的侠客身上。不畏强暴、本领非凡的侠客，成了人们心目中的英雄，深受人们的喜爱。在这种情况下，反映豪士侠客的传奇故事，便大量产生了。

杜光庭的《虬髯客传》，是这类武侠传奇中的一篇重要作品。作品写隋朝末年天下将乱，群雄竞起，侠士虬髯客见李世民神清气朗，顾盼生辉，大为折服，叹为"真命天子"，便不与他争夺天下，跑到海外去另外开辟了一个王国——扶余国。文中的三个主要人物虬髯客、红拂、李靖，个性鲜明，侠义豪爽，被后世称为"风尘三侠"。此篇故事虽没有写武侠打斗，但全篇侠气纵横，写得虎虎有生气，为现代武侠小说开了很多道路。正如新派武侠小说大家金庸所说，这篇故事，"有历史的背景而又不完全依照历史；有男女青年的恋爱：男的是豪杰，而女的是美人（'乃十八九佳丽人也'）；有深夜的化装逃亡；有权相的追捕；有小客栈的借宿和奇遇；有意气相投的一见如故；有寻仇十年而终于食其心肝的虬髯汉子；有神秘而见识高超的道人；有酒楼上的约会和坊曲小宅中的密谋大事：有大量财富和慷慨的赠送；有神气清朗、顾盼炜如的少年英雄；有帝王和公卿；有驴子、马匹、匕首和人头；有弈棋和盛筵；有海船千艘甲兵十万的大战；有兵法的传授……"所有这些内容，在当代武侠小说中都是可以时时见到的。金庸称《虬髯客传》是中国武侠小说的鼻祖，是很有道理的。袁郊《红线传》中的红线，本为潞州节度使薛嵩的婢女。当时魏博节度使田承嗣蓄养三千名武士，欲占夺薛嵩所辖之地。红线为解主忧，夜入田承嗣内室，盗走其枕畔金盒。薛嵩得盒，连夜遣使送还给田承嗣。田见盒，知薛手下有能人，遂打消谋夺潞州之意。红线以其盗盒之举，消弭了两地一场战祸，堪称侠义行为。文中写她"夜漏三时，往返七百里；入危邦，经五六城"，轻功卓绝，可谓神行。"红线盗盒"与"风尘三侠"，均形象鲜明，个性突出，给人留下极深的印象，成了后世画家喜爱的绘画题材。

裴铏的《昆仑奴》，写一名身怀绝技的老奴昆仑磨勒，帮助崔生与豪门姬妾私相幽会的故事。崔生在当朝一品府中认识了女妓红绡，两情款洽，红绡欲脱出牢笼，磨勒乃助其逃至崔家。后一品大官得知红绡脱逃乃磨勒所为，便派甲士围捕磨勒，"磨勒遂持匕首飞出高垣，瞥若翅翎，疾同鹰隼，攒矢如雨，莫能中之。顷刻之间，不知所向"。武功之高，真是神乎其技。裴铏另有《聂隐娘》一篇，最具武侠小说的模式，它包含有"尼姑收徒、深山学剑、服药轻身、击鹰刺虎、诛除奸恶、药水化头、飞行绝迹、深夜行刺、玄功变化、斗智斗力"等武侠小说的元素。这些元素，在后世的武侠小说中，不断反复地、大同小异地出现着。其中写妙手空空儿刺杀刘昌裔时，"一搏不中，即翩然远逝，耻其不中，才未逾一更，已千里矣"。轻功神妙，自高自承，确是高手风范。当今新派武侠小说中的高手相斗，点到即止，赢则赢，输则输，决不死缠烂打，正像空空儿那样的讲究大家风度。《昆仑奴》与《聂隐娘》，均为裴铏《传奇》中的名篇。《传奇》一书，多记神仙道术的奇异故事，书中人物法力无边，神通广大，开后世神魔剑侠小说先河。唐人小说以"传奇"为名，亦与裴铏此书有一定关系。

　　除了《虬髯客传》《红线传》《聂隐娘》等武侠味浓的传奇之外，以写情为主的传奇，也不时闪现着侠气，如《柳氏传》之许俊、《无双传》之古押衙，《霍小玉传》之黄衫客等，便是扶危济困的豪侠之士。唐人笔记中也有不少武侠故事，段成式的《酉阳杂俎》、康骈的《剧谈录》所载尤多。《酉阳杂俎》中有一则写韦生与盗僧父子先后较技的故事，写得栩栩如生。老僧脑后中了韦生所射的五个弹丸，深陷于内，竟无所伤，内功神妙之极。其子飞飞轻功极佳，循壁游走，捷若猿猴，倏往倏来，奔行如电。韦生先后发弹相射及挺剑追刺，始终奈何不了他。《剧谈录》中有一则写"天外有天，人外有人"的故事亦甚精彩。故事写一力大无穷的勇士张季弘，听了一店中老妪哭诉新媳妇强悍厉害之后，便自告奋勇欲惩治新妇。新妇日暮打柴归，张季弘与之理论。新妇不承认有亏待家姑之事，列举数事反问张季弘，"每言一事，引手于季弘所坐石上，以中指画之，随手作痕，深可数寸"，吓得张季弘不敢再言语。此妇真是指力惊人，内力雄浑之极，比《倚天屠龙记》中的昆仑三圣何足道以尖石在青石板上刻下半寸深的棋盘，尤胜一筹。后世武侠小说中的不少神功奇技，大都可以从唐人的武侠传奇及笔记中找到影子。梁羽生、玉翎燕等人，更摄取了红线、聂隐娘、空空儿等人物，重新制作，铺演出《大唐游侠传》《龙凤宝钗缘》及《千里红线》等奇幻曲折的故事来。唐人传奇对后世武侠小说的影响是巨大的，从某种意义上说，唐人武侠传奇的出现，为中国武侠小说的存在和发展奠定了充实的基础，称之为中国武侠小说的鼻祖，是言之成理的。

· 宋人话本及笔记中的武侠故事

在宋代，市肆繁荣，商业发达。为了娱乐市民，各种杂耍、技艺应运而生，"说话"（讲故事）便是其中的一种。"说话"艺人的底本称作话本。话本小说大都采用接近口语的白话写作，有利于吸引中下层的民众。在这些宋人话本中，有一部分内容就是写武侠的，如《杨温拦路虎传》《宋四公大闹禁魂张》《汪信之一死救全家》《史弘肇龙虎君臣会》《万秀娘仇报山亭儿》《郑节使立功神臂弓》等便是。宋人罗烨编著的《醉翁谈录》，曾把当时话本名目分为"灵怪、烟粉、传奇、公案、朴刀、杆棒、神仙、妖术、其他"九大类，绝大部分的武侠故事隶属于"朴刀""杆棒"二类。此类武侠打斗以刀棒拳脚为主，属写实的技击型。另有一类武侠打斗以比斗法术为主，则分属于"灵怪"类和"妖术"类。"朴刀""杆棒"类的话本中，有不少水浒英雄的故事。如"朴刀"类的《青面兽》，"杆棒"类的《花和尚》《武行者》，就是讲说青面兽杨志、花和尚鲁智深和行者武松等人行侠仗义的故事的。这些当时民间流传的故事，后来经过施耐庵的加工整理，便成了侠义小说《水浒传》的内容之一。

宋人笔记中，也有不少类似唐人传奇的武侠故事。吴淑的《江淮异人录》，记了不少道流、侠客、术士的事迹，共二十五篇。其中《洪州书生》一篇是典型的武侠题材。该篇写洪州一个贫儿在泥泞的路上卖鞋，无端被一名恶少把新鞋撞跌于泥中。贫儿要恶少赔钱，恶少破口大骂，不肯给钱。一个过路的书生见了，可怜贫儿，便代为赔钱给他。恶少辱骂书生多管闲事，秽语不休。书生怒形于色，隐隐未发。到了晚上，书生终于砍了那恶少的脑袋，以作惩罚。书生锄强扶弱、疾恶如仇，但动辄便取人性命，则未免太过分了。《洪州书生》之外，尚有《李胜》《张训妻》二篇，三人均有来去无踪的神技，故明人辑编《剑侠传》时，便把此三篇一齐辑入。另外，孙光宪的《北梦琐言》、洪迈的《夷坚志》，亦载有不少此类豪侠故事。如《北梦琐言》中的《荆十三娘》《许寂》《丁秀才》，《夷坚志》中的《花月新闻》《侠妇人》《解洵婆妇》和《郭伦观灯》等，都是比较有名的武侠笔记短篇。罗大经的笔记集《鹤林玉露》，内容多为杂记读书所得，体例在诗话与语录之间。其中《秀州刺客》一篇，则可看作是武侠小说。此篇写拥兵作乱的苗傅，刘正彦，派刺客到秀州刺杀张魏公（浚）。刺客深明事理，不肯下手，反嘱告张浚以后要多加防范，便飘然离去。文中写二人对话极精彩，写刺客轻功极出色，文字简练传神，堪称是宋人武侠笔记中的佳作。以上所列八篇豪侠故事，后亦被明人辑入《剑侠传》内。

· 明代长、短篇白话武侠小说

明代长篇章回小说十分盛行，其中"讲史演义"方面的内容所占至多。在这类长篇历史演义中，往往把"讲史""灵怪""豪侠"三者熔于一炉。侧重于"灵怪"方面的，便成了神魔小说；侧重于"豪侠"方面的，便成了侠义小说。这两类小说均有锄强扶弱、诛除奸恶的内容，均可列入武侠小说的范围。中国的武侠小说，在武侠打斗的描写上，一直存在着写实与幻想两种倾向，形成武侠与剑侠两大类。武侠以技击搏斗为主，属写实型；剑侠以飞剑法术为主，属荒诞浪漫型。这两种倾向，从唐人传奇开始，一直是并行发展的。宋人笔记及话本中的侠客故事，亦是写实与怪诞两者共存。降及明代，长篇章回小说大量出现，也依然是这种情况。前面提到的《水浒传》，基本上就属于写实型。《水浒传》一书写梁山好汉反抗官府的故事。这些好汉锄强扶弱、仗义疏财、武艺高强、性子刚烈、解危济困、视死如归，完全符合传统侠客的标准；而且从聚义反抗官府压迫这一点看，梁山英雄是比传统的侠客进了一步的。如果把替天行道、锄强扶弱的梁山好汉，不仅看作是农民起义英雄，更看作是闯荡江湖的侠客的话，那么，《水浒传》一书，足可算得上是早期的长篇武侠小说。《水浒传》中对武侠打斗的描写，已开始比较细致和具体，有过程，有起伏，远比从前只是三两下手脚便决出胜负的打斗好看得多。另一本写武王伐纣故事的《封神演义》，则采取荒诞浪漫型的写法，书中写神魔相斗，飞剑、道术、仙阵、妖法充斥其中，光怪陆离，幻变神异，为二十世纪三十年代的《蜀山剑侠传》开了先河。反映宋太祖赵匡胤发迹变泰过程的《飞龙全传》，则写实与荒诞兼而有之。特别是前半部，写赵匡胤行走江湖、广交朋友、见义勇为、除暴安良的故事，最具武侠小说的因素。在《飞龙全传》中，武打的描写比《水浒传》更其细致，已开始出现"泰山压顶""夜叉探海"等武术招式名称，为后来着意描写侠客惊人武功的清代侠义公案小说作出了尝试。《飞龙全传》在写赵匡胤行侠仗义时，用的是写实之笔；但当要突出他是"真命天子"时，便使用神怪荒诞之笔。这种写实与神怪荒诞并用的手法，差不多所有讲史演义类的长篇章回小说都是如此的，只不过偏重的程度各有不同而已。在明代的长篇章回小说中，《水浒传》可以说是古代写实型武侠小说的集大成者，而《封神演义》则是古代荒诞浪漫型武侠小说的集大成者，这两种类型的写法，一直影响着后世的武侠小说创作。

在长篇章回小说大量出现的同时，拟话本小说也十分盛行。所谓拟话本，就是文人模拟话本形式创作的短篇白话小说。其中最突出的是冯梦龙的"三言"（《醒世恒言》《喻世明言》《警世通言》）和凌蒙初的"二拍"（《拍案惊奇》《二刻拍案惊奇》）。在"三言""二拍"中，自然少不了写武侠的内容，如《赵太祖千里送京娘》《李汧公穷邸遇侠客》《刘东山夸技顺城门，十八兄奇踪村酒肆》《程元玉店肆代偿钱，十一娘云冈纵谭侠》《乌将军一饭必酬，陈大郎三人重会》《神偷寄兴一枝梅，侠盗惯行三昧戏》等篇;《吕洞宾飞剑斩黄龙》《杨谦之客舫遇侠僧》等篇，便属于神怪荒诞型的武侠短篇。"三言""二拍"之外，《醉醒石》及《西湖二集》等书，也有少量的武侠篇，但微不足道，于此不作多述。

其实，上面所说从唐至明以武侠题材为主要内容的传奇、话本、拟话本、笔记及长篇章回小说，我们虽称之为是武侠小说，但那时候还是未成型的，它们的故事情节还不够复杂曲折，人物性格还不够鲜明突出，武侠打斗还不够紧张精彩，直到清代侠义公案小说出现，浓墨重彩地集中描绘江湖侠客、绿林豪杰的争斗，武侠小说才正式定型，开创了中国小说创作的新局面。

· 清代侠义公案小说

明代以来，被称为"四大奇书"的《三国演义》《水浒传》《西游记》《金瓶梅》，曾经盛极一时。清代曹雪芹的《红楼梦》出，又得以盛行于世。但是正如鲁迅所指出的："时势屡更，人情日异于昔，久亦稍厌，渐生别流"，于是侠义小说遂得以脱颖而出，别开生面。这类侠义小说，旨在揄扬勇侠，赞美粗豪，但又不背于忠义，因此既受到小民百姓的欢迎，统治者也乐于利用。清代的侠义小说，往往与公案故事连在一起，形成侠义公案小说。这类小说每以历史上的一名清官为主，一些武艺非凡的侠客为辅，相互敷衍而成。如《三侠五义》中的包拯，《施公案》中的施世纶（小说作施仕伦），《彭公案》中的彭鹏（小说作彭朋），在历史上都颇有名声。这些清官要能顺利地办成大事，自然需要一些侠客的帮忙，武艺高强的南侠展昭等人，自然是最好的帮手。鲁迅在评《三侠五义》一书时说："凡此流著作，虽意在叙勇侠之士，游行村市，安良除暴，为国立功，而必以一名臣大吏为中枢，以总领一切豪俊，其在《三侠五义》曰包拯。"他又说："凡侠义小说中的英雄，在民间每极粗豪，大有绿林结习，而终必为一大僚隶卒，供使令奔走以为宠荣，此盖非心悦诚服，乐为臣仆之时不办也。"这两段话很有概括性，深刻地揭示出古代的侠客，既有"侠义"的一面，也有"奴性"的一面。同类的侠义公案小说，大抵都离不开这个公式。

文康的《儿女英雄传》，又名《金玉缘》《侠女奇缘》。书中写侠女何玉凤，出身名门，智勇双全，因父亲被权臣纪献唐（隐射年羹尧）所害，只得奉母避居山林，伺机报仇。她变名为十三妹，广交豪杰，出没市井之间。偶于途中遇到为救父而奔走的安骥蒙难，毅然拔刀相助，救他脱困，并说合同时被救出的弱女张金凤与他结婚。其间穿插写她行侠仗义、惩恶锄奸的故事，颇为动人。后来纪献唐被朝廷所诛，十三妹虽未手刃仇人却父仇已报，而且母又逝去，便欲出家为尼，后终被众人劝动，嫁了安骥。何玉凤与张金凤二人共事一夫，相睦如姊妹，故此书初名《金玉缘》。此书前半部写十三妹行走江湖的侠女形象颇精彩，下半部写她回到闺阁中去，助夫奋斗功名，则淡然寡味，无甚可看。

石玉昆的《三侠五义》，原名《忠烈侠义传》。书中初写宋真宗时刘、李二妃俱孕，刘妃争宠，与宫监郭槐施"狸猫换太子"计，陷害李妃；继写包拯断案，昭雪冤情。包拯以忠义刚正的行为，感化豪侠，于是南侠展昭、北侠欧阳春、双侠丁兆兰、丁兆慧等"三侠"，以及钻天鼠卢方、彻地鼠韩彰、穿山鼠徐庆、翻江鼠蒋平、锦毛鼠白玉堂等"五义"，先后投诚受职，人民大安。此书写三侠、五义锄强扶弱、诛除奸暴的故事，写得虎虎有生气。当时《红楼梦》等书专讲柔情，《西游记》一派，又专讲妖怪，《三侠五义》在柔情与妖怪之外，别树一帜，专讲侠义，使人耳目一新，大受欢迎。鲁迅曾称许道："《三侠五义》为市井细民写心，乃似较有《水浒》余韵。""至于构设事端，颇伤稚弱，而独于写草野豪杰，辄奕奕有神，间或衬以世态，杂以诙谐，亦每令莽夫分外生色。值世间方饱于妖异之说，脂粉之谈，而此遂以粗豪脱略见长，于说部中露头角也。"

正因为"写草野豪杰，辄奕奕有神"，所以侠义公案小说中的豪士侠客，往往能给读者留下深刻的印象，这是贵为名臣大吏的清官们所不可企及的。《三侠五义》一书，明确地以"侠义"为题，是对这类义士侠客的极大褒奖。《儿女英雄传》特标"英雄"二字，也正是对这类义士侠客极尽称颂之意。

清代大学者俞樾，对《三侠五义》十分赞赏，但认为开篇写"狸猫换太子"荒诞不经，于是"援据史传，订正俗说"，改写第一回。又因南侠、北侠、双侠实为四侠，非三侠所能包容，便添加小侠艾虎、黑妖狐智化及小诸葛沈仲元，共为七侠，改书名为《七侠五义》，与初本并行于世，尤盛行于江浙之间。

《三侠五义》写至白玉堂独往冲霄楼盗襄阳王之叛党盟书，误坠铜网阵而死，群雄共赴襄阳时结束。后有《小五义》及《续小五义》出，序中说二书"皆石玉昆原稿，得之其徒"，与《三侠五义》共为上、中、下三部。《小五义》续写襄阳王谋反一事，此时群雄已老，后辈继起，卢方之子卢珍，韩彰之子韩天锦、徐庆之子徐良、白玉堂之侄白芸生，与小侠艾虎结为兄弟，号称"小五义"。五人行走江湖，诛奸除霸，后来共聚武昌，拟破铜网阵，阵未破而书止。《续小五义》紧承前书，写众侠攻破铜网阵，襄阳王出逃。群豪继续在江湖间行侠仗义，诛锄盗贼。后来襄阳王被擒，天子论功，群雄受赏，于是全书结束。鲁迅在评这两本续书时说："虽云二书皆石玉昆旧本，而较之上部（指《三侠五义》），则中部荒率殊甚入下又稍细，因疑草创或出一人，润色则由众手，其伎俩有工拙，故正续遂差异也。"所言甚有道理。

《三侠五义》与《儿女英雄传》，一为说书人石玉昆底本，一为文康拟说书人口吻所撰，语言生动活泼，文笔通俗流畅，绘声状物，极见匠心。故鲁迅说："是侠义小说之在清，正接宋人话本正脉，固平民文学之历七百余年而再兴者也。"《三侠五义》及其续书，故事情节复杂多变，往往在一个大故事中套着许多小故事，一波未平，一波又起，云山起伏，绵延千里，很能吸引读者的趣味。清代侠义小说的最大贡献是着意为草野豪杰写照，塑造出一系列富有个性的人物形象，如白玉堂、欧阳春、展昭、蒋平、智化、艾虎、徐良以及合儿女英雄于一身的十三妹等，都各有风采，自成面目。特别是锦毛鼠白玉堂，武艺高强却又骄傲好胜，塑造得最为成功。

清代侠义小说因为着意塑造草野豪杰，因此在描写武侠打斗时十分细腻精彩，具有很强的吸引力，比宋人话本和明人小说，大大地进了一步。如《儿女英雄传》中的十三妹，在悦来店轻舒玉臂搬动二百多斤重的石头碌碡，在能仁寺大展神威扫荡众恶僧，就写得十分生动趣致。《三侠五义》中这类描写更多，如白玉堂在开封府夜袭展昭一段，就写得极为出色：

……只听啪的一声，又是一物打在楣扇上。展爷这才把楣扇一开，随着劲一伏身蹿将出去，只觉得迎面一股寒风，嗖的就是一刀。展爷将剑扁着往上一迎，随招随架。用目在星光之下仔细观瞧，见来人穿着青色的夜行衣靠，脚步伶俐，依稀是前在苗家集见的那人。

二人也不言语，惟听刀剑之声，叮当乱响。展爷不过招架，并不还手。见他刀刀逼紧，门路精奇，南侠暗暗喝彩。又想道："这朋友好不知进退。我让着你，不肯伤你，又何必赶尽杀绝？难道我还怕你不成？"暗想："也叫他知道知道。"便把剑一横，等刀临近，用个"鹤唳长空"势，用力往上一削，只听噌的一声，那人的刀已分为两段，不敢进步。只见他将身一纵已上了墙头，展爷一跃身也跟上去；那人却上了耳房，展爷又跃身而上；及至到了耳房，那人却上了大堂的房上；展爷赶至大堂房上，那人一伏身越过脊去。展爷不敢紧迫，恐有暗器，却退了几步。从这边房脊刚要越过，瞥见眼前一道红光，忙说"不好"，把头一低，刚躲过面门，却把头巾打落。那物落在房上，咕噜噜滚将下去——又知是个石子。

这段两雄相斗，写得具体细腻，精彩动人：有刀剑相争，有暗器袭击，有招式比斗，有轻功相较，真是起伏跌宕，摇曳多姿，为着意写江湖侠客与绿林豪杰比武争雄的长篇武侠小说奠定了很好的基础。

由于侠义小说的故事情节曲折离奇，人物性格粗豪可爱，因此赢得众多的读者。此类侠义小说，当时大量出现，除上面提到的几部外，还有《七剑十三侠》《七剑十八义》《英雄大八义》《英雄小八义》《永庆升平》《圣朝鼎盛万年青》和《刘公案》《李公案》等。这些小说，大都离不开鲁迅所说的"以一名巨大吏为中枢，以总领一切豪俊""安良除暴，为国立功"这个公式，宣扬所谓"善人必获福报，恶人总有祸临，邪者定遭凶殃，正者终逢吉庇，报应分明，昭彰不爽"（《三侠五义》及《永庆升平》序）的封建主义思想。由于文字表达与人物塑造都未够成功，因此成就和影响就远不如《三侠五义》巨大。

在侠义小说大量产生的清代，还出了一本与《水浒传》唱对台戏的《荡寇志》。此书又名《结水浒传》，内写陈希真父女武艺高强，将梁山一百○八名好汉诛擒净尽的故事。作者俞万春站在维护统治者的立场上，把宋江等人描写为不忠不义的寇盗，表现出他对农民起义的极端仇恨。但梁山英雄的故事已经深入人心，他企图用这本书来抵消《水浒传》在人民群众中的影响，始终收不到预期的效果。在清代，另有一部《济公传》，写滑稽多智的济公和尚扶危济困、惩恶锄奸、嘲弄官府豪门的故事，很受民众的欢迎。济公不懂武艺，但法力无边，是一个游戏人间的怪杰。在新、旧派武侠小说中，是可以时时看到济公这类滑稽风趣的奇侠的。《济公传》完全可以列入荒诞浪漫型的武侠小说之中。济公这个怪杰形象，在中国小说史中是很有特殊性的。

· 明清笔记中的武侠篇

明清时期，除了上面提到的长篇、短篇白话小说写了武侠之外，在大量的文言笔记中，也写了不少侠客。如张潮辑编的《虞初新志》和郑醒愚辑编的《虞初续志》，就有《大铁椎传》《汪十四传》《秦淮健儿传》《记盗》《剑侠传》《名捕传》《髯参军传》《毛生》《瞽女琵琶记》等篇是写武侠的。这些豪侠之士，大都路见不平，拔刀相助，锄强扶弱，警恶除奸，具有传统侠客的美德。清人魏禧的《大铁椎传》和明人乐宫谱的《毛生》，写侠客夜半杀贼的场面最精彩。大铁椎客人杀贼后大呼"吾去矣"三字，豪气万丈，如闻其声；毛生以一柄铁伞，在船上击毙群贼后，亦大呼"吾去矣"，一跃而逝。两篇颇有相似之处。大铁椎客人与毛生，均非一介武夫，前者"甚工楷书"，且有识见；后者能上京应试，"其文允称杰构，书法亦矫健非常"。两人均是文武全才的侠士，可惜得不到国家重用，只能游侠江湖，使人为之慨叹。明人宋濂的《秦士录》，所记的秦人邓弼，亦是文武双全、胆识过人的豪侠之士，徒有报效国家之志，而终亦不为所用，遭遇与前二人相同，同样使人扼腕叹息。清人吴陈琰的《瞽女琵琶记》，写一个身挟琵琶、双目失明的侠女惩治朝廷贵臣的故事，极有特色。盲女身怀绝技，来去如飞，琵琶声神出鬼没，使人心神大乱。这个双目失明的侠女，为后世武侠小说提供了一个特殊的典型。新旧武侠小说中那些身有生理缺陷（如失明、断臂、驼背、跛脚等）却武功不凡的高手，恐怕就是从这琵琶瞽女中受到启发而创造出来的。

明人宋懋澄《九籥集》中有一篇《刘东山》，写三辅捕快刘东山自以为武艺高强，却栽在一个少年手里，含意甚深。凌蒙初《拍案惊奇》中的《刘东山夸技顺城门，十八兄奇踪村酒肆》一篇，就是据此铺写而成的。清人沈起凤的《谐铎》，也有一些武侠篇，其中《恶饯》一篇写得极为出色，常为后世武侠小说家构思情节所本。此文写一名好武的卢生，与一个懂内功的老汉相遇。老汉甚喜卢生，带其归家，招其为婿。成婚后半年，卢生发觉老汉行踪诡秘，绝非善类，便劝妻子趁老汉外出未返，离开此地。二人向祖母辞行，祖母答应明日租饯，所谓租饯，乃是家中各人持器械把守门户，离家者须凭本领闯过内房、外室、中堂、大门数关，方能离去。数关分别由卢妻之寡姐、嫡母，生母及祖母把守，写来颇有情致；其中生母一关，明阻暗放，更是充满人情味。短篇小说大师蒲松龄善借狐鬼写人情世态，但在《聊斋志异》中，也不乏写武侠的佳作，如《老饕》《王者》《武技》《侠女》《佟客》《姜杖击贼》等篇，就是很有意思的武侠小说。其中《老饕》《武技》二篇，写武林中人"一山还有一山高"的用意甚明。此二篇与宋懋澄的《刘东山》及李渔的《秦淮健儿传》，用意相同而情节相近。此类"山外有山，人外有人"的故事，在古今武侠小说中是经常见到的。

· 旧派武侠小说

二十世纪二十年代初期至四十年代末期，武侠小说盛极一时。据魏绍昌所编《鸳鸯蝴蝶派研究资料》（上海文艺出版社出版）的不完全统计，当时作者有一百七十多人，作品有六百八十多部，出版地主要集中在上海、南京和北平、天津，时称南派和北派。

南派武侠小说家以平江不肖生最负盛名，他所作的《江湖奇侠传》曾经风靡一时，读者甚众。后来明星影业公司截取其中片断，改编摄制成《火烧红莲寺》，影响就越发巨大。《江湖奇侠传》写于二十世纪二十年代初，被视为近代武侠小说的先驱，有一派人甚至认为它才算是中国第一部正宗的武侠小说。《江湖奇侠传》之外，不肖生还写有《近代侠义英雄传》《玉玦金环录》《半夜飞头记》《江湖怪异传》《烟花女侠》《艳塔记》等书，共十三部。其中《近代侠义英雄传》一书最有价值，书中所写的人物如大刀王五、霍元甲、赵玉堂、山西老董、农劲荪、孙禄堂等，都是历史上真有其人的，所记载的事迹，十之八九也都是武术家们认可的。此书写法与《江湖奇侠传》相同，都是采取《儒林外史》式的结构，由一个故事引出另一个故事，集短篇而成为长篇。虽然此书受欢迎程度不及《江湖奇侠传》，但梦呓较少，真实性较强，属真正写实型的技击武侠小说，应该给予充分的肯定。不肖生之外，顾明道是另一位南派武侠小说大家。他的《荒江女侠》在上海《新闻报》附刊之《快活林》连载时，便很受欢迎。改编成电影及京剧后，知名度就更大，差不多家喻户晓，人皆知有方玉琴、岳剑秋这"琴剑"二侠。《荒江女侠》之外，尚有反映郑成功起义的《海上英雄》及反映义和团运动的《草莽奇人传》等书，他自称"喜作武侠而兼冒险体，以壮国人之气"，可见他的创作态度是比较严肃的。当时南派武侠小说家人才鼎盛，群雄并起，除上述二人外，另如文公直、江蝶庐、何一峰、李蝶庄、汪景星、姚民哀、姜侠魂、张冥飞、徐哲身、海上漱石生、张个侬、陈抟翠、陆士谔等人，都是著作颇丰的。

北派武侠小说家人数不及南派众多，有影响的却不少，如赵焕亭、郑证因、朱贞木、王度庐、白羽、还珠楼主等，都是声名赫赫的作者。赵焕亭创作武侠小说较早，与不肖生并称南北两雄。其代表作《奇侠精忠传》，当时能与《江湖奇侠传》匹敌，足见其影响之巨大。郑证因著作甚丰，有八十八部之多，其中篇幅最长而名声最响的当推《鹰爪王》。此书写淮阳派掌门人鹰爪王王道隆早年与凤尾帮结怨，后因门徒被掳，途与西岳派慈云庵主共率两门侠义，前往凤尾帮的总舵——雁荡山十二连环坞拜山，与凤尾帮帮主天南逸叟武维扬及其属下群豪一决雌雄。中间穿插变化颇多，不时奇峰突起，险象丛生，风卷浪翻，波澜处处。作者精通技击，熟悉江湖上的门槛、帮规、切口（黑话），写来中规中矩，颇见功夫。与《鹰爪王》中的人物和故事相关的著作还有《天南逸叟》《子母离魂圈》《女屠户》《淮上风云》《铁拂尘》《子母金梭》《塞外豪侠》《五凤朝阳刀》等，可以笼统称之为《鹰爪王》外集。《鹰爪王》之外，如《巴山剑客》《铁伞先生》《龙虎斗三湘》等，也都比较有名。还珠楼主以荒诞奇幻之笔，创作了超级鸿篇巨制《蜀山剑侠传》，显示了他无与伦比的惊人想象力。作者对佛经道藏，颇为熟稔，别有会心，化用于小说之中，便异彩纷呈、精光四射。这部小说光怪陆离，异想天开，奇幻曲折，变化万端，其神怪荒诞的程度，远远超过了《西游记》和《封神演义》，使它达到了神魔剑侠小说中前所未有的高峰。《蜀山剑侠传》除正传之外，尚有前传《长眉真人传》、外传《峨眉七矮》、别传《青城十九侠》、新传《蜀山剑侠新传》、外续传《云海争奇记》等，共二十多部，形成一个庞大的《蜀山》体系。其中《青城十九侠》是还珠楼主的另一部力作，书中人物与《蜀山》一书互有关联，其奇诡神异之处，与《蜀山》不相伯仲，而有关蛊术的不可思议，则是《蜀山》一书所未曾道及的。二书玄想超妙、瑰丽万状，上穷九霄、下透地底，法宝神异、妖物骇人，诚为近世荒诞浪漫型武侠小说的一大杰作。以《十二金钱镖》名噪一时的白羽，本不屑写武侠小说，但为生计所迫，无心插柳柳成荫，成了著名的武侠小说家。白羽笔下的武侠，与不食人间烟火的蜀山剑侠相比，是比较切合人生的。作品借武林中的恩恩怨怨，发泄对世态人情的感慨，寄意甚深，尤为后世所称赏。由于白羽厌恶写武侠小说，因此书中时有奚落侠客之笔。如写柳妍青比武招亲，却招来了地痞，使得女侠流泪，老侠后悔；又如南荒大侠一尘道长捉采花贼，却中了贼人"假采花"之计，结果被活活气死累死。白羽如此着笔，是对沉迷武侠者含有告诫之意的。《武林争雄记》是《十二金钱镖》的续篇，同样写得精彩动人。此外，《联镖记》《偷拳》《血涤寒光剑》《毒砂掌》等，在当时都很有名。特别是《偷拳》一书，一洗武侠小说的窠臼，嘲讽了形形色色的"侠客"。该书写杨露蝉访师学武时，多次受骗上当，他所碰到的"武林高手"，竟大多是骗子和恶棍。即使对一代武学宗师太极陈，作者也用了揶揄之笔。太极陈身怀绝技，威震武林，是真正的武林高手，但照样受宵小之害，险些被烧死在屋内。这说明武林高手并非超人，武功高强也会敌不过阴谋诡计的。白羽的武侠小说借鉴大仲马和塞万提斯的写法，运用新文艺的技巧进行创作，写出了自己的风格，给武侠小说注入了清新的气息，为后来在中国港台地区出现的新派武侠小说开了先河。善以武侠写情的王度庐，他的作品被称为言情武侠小说，代表作有《卧虎藏龙》《铁骑银瓶》《宝剑金钗》《鹤惊昆仑》《紫电青霜》等。这些小说，借激烈紧张的武侠故事，写曲折缠绵的儿女之情，很有自己的特色，同样为武侠小说开了新面。朱贞木的写作路子与郑证因相近，同属技击武侠小说，但文笔俊爽活泼，更胜于郑。他的代表作有《七杀碑》《罗刹夫人》《虎啸龙吟》《苗疆风云》等。

综观上述南北两派的武侠小说，南派作家虽多，但作者和作品的影响却不及北派巨大。同是著名作家，南派的不肖生和顾明道，就不及北派的还珠楼主和白羽。美学家张赣生近年研究武侠小说，他把武侠小说分为"武林技击小说、神魔剑侠小说、社会武侠小说、言情武侠小说"四大类，这四类的代表作家，分别是郑证因、还珠楼主、白羽和王度庐。这四人都是属于北派的。当今中国港台地区的武侠小说，都程度不同地受这四人的影响。中国香港新派武侠小说家梁羽生就自言最初写武侠小说是受白羽影响的。有些论者又指出，王度庐、郑证因等人对后来的武侠小说家古龙等的影响不小。这都充分说明，北派武侠小说家的成就和影响，是远远高于南派的。

二十世纪四十年代末和二十世纪五十年代初，我是山人的武侠小说在广东很流行，如《洪熙官大闹峨眉山》《三德和尚三探西禅寺》等，因写广东本土的杰出武林人物，故格外受群众欢迎，但影响仅限于广东地区，在外省的名气不大。魏绍昌辑编的近代武侠小说书目中，就没有辑入我是山人的作品。

· 新派武侠小说

进入二十世纪五十年代中期，武侠小说在中国香港得到了新的繁衍，形成今人美称的新派武侠小说。新派武侠小说，"新"在去掉旧小说的陈腐语言，用新文艺手法去构思全书，从外国小说中汲取新颖的表现技巧，把武侠、历史、言情三者结合起来，将传统公案与现代推理揉为一体，使武侠小说进入了一个崭新的境界。读新派武侠小说，常觉得它故事情节奇诡曲折，人物性格鲜明突出，精于刻画人物心理，善于渲染环境气氛，使人欲罢不能、爱不释手。旧武侠小说常有的枝蔓太长、结构松散之弊，在新派武侠小说中却比较少见。它常以出人意料之笔，使得情节波谲云诡、奇巧百变、高潮迭起、引人入胜。一些高明的作者还善于把武侠故事植入广阔的历史背景之中，亦真亦幻，扑朔迷离；其间更点缀以风土人情、典章文物、佛经道藏、诗词歌赋、书画琴棋、医卜星相等等内容，三教九流、五光十色、炫人眼目；还大笔淋漓地穿插描写几对男女曲折缠绵的爱情纠葛，使得武侠小说从过去单纯的争斗厮杀融进了一缕风雅的馨香，直向文学殿堂争一席之地。由于构思新、手法新，情节奇诡多变，文字讲究技巧，因此新派武侠小说便给人一种耳目一新的感觉，赢得了各阶层的读者；不单市井小民爱看，连博雅的专家、学者，也看得津津有味。武侠小说已由通俗读物转变为雅俗共赏的东西，开始登上大雅之堂。随着武打电影《少林寺》的放映，香港新派武侠小说便陆续在内地的报纸杂志上转载。梁羽生的《萍踪侠影录》和金庸的《书剑恩仇录》率先在广东正式出版，内地的读者开始知道梁、金二人的大名了。从前读过旧武侠小说的人，读到金、梁的新派武侠小说，便有面貌一新之感。从未读过武侠小说的青年人，骤然读到金、梁之作，顿会感到境界新奇，眼界大开，仿佛走进了一个新的天地。金、梁二人的新武侠小说，早在中国港澳台地区以及南洋、北美等有华人聚居的地方流行，现在终于在武侠小说的本土出现了。这是值得庆贺的。据说金、梁二人过去都会因他们的小说未能在内地出版而感到遗憾，现在他们则无须遗憾了！

金庸、梁羽生并称新派武侠小说鼻祖。从创作时间来看，梁羽生比金庸起步早三年；从成就和影响来看，则金庸胜过梁羽生。有人以"金梁并称，一时瑜亮"来评价他们，更多人认为金庸是后来居上的。倪匡以"古今中外，空前绝后"八个字来称誉金庸的作品；中国台湾地区成立"金学会"，出版《金学研究丛书》，都说明金庸作品的成就和影响，确是高于梁羽生的。

到了二十世纪六十年代，武侠小说在中国台湾地区大为流行，古龙异军突起、脱颖而出，以其武侠推理小说别树一帜，与金、梁形成鼎足三立之势。古龙行文跌宕跳跃，句式简短，自成一格，情节惊险曲折，结尾常出人意料。他善于制造悬念，尤善于塑造武侠福尔摩斯，在刀光剑影之中，把表面乱麻般的案件，一一条分缕析，通过严密的推理、判断，寻出真凶，铲除奸恶。由于内容新、笔法新、句式新，情节离奇紧张、复杂多变，因此极受读者欢迎。他的小说销量多、流行广，被改编为电影和电视剧的也不少，其影响之大，已堪与金庸媲美。

金、梁、古三大家之外，中国港台两地，武侠小说群雄竞起，作品较多而又名气较大的有萧逸、卧龙生、司马翎、诸葛青云、东方玉、陈青云、温瑞安、朱羽等人。他们的作品，大都离不开离奇的情节与怪异的武功，内容不是写江湖仇杀、武林争霸，就是写推理破案，缉捕元凶，中间点缀着英雄美人、侠客镖师、和尚道士、昏君奸臣、枭雄恶霸、阴险小人、风尘异士等人物，穿插着比武、复仇、争权、夺宝、易容、斗智、惩恶、锄奸等情节，再添上几组缠绵悱恻的爱情纠葛，于是鲜血淋漓与爱情故事都有了，读起来是够刺激的。后来由于彼此竞争的需要，各出怪招，炫奇斗异，情节越发离奇，武功越发怪异，故事内容荒诞无稽，人物性格古怪邪僻。书中安排了不少神话般的巧合和奇遇，制造了层出不穷的悬念，使得小说高潮迭起，充满紧张和刺激，但看得多了，也总觉得离不开公式和俗套，结局与变化，大概都可以推想出来的。这些武侠小说，历史背景大都模糊不清，因此编撰起来，可以随心所欲地粗制滥造。有些作者由于欠缺传统文化修养，因此写到典章文物、诗词歌赋、宗教民俗、五行生克等内容，便不够准确和恰当。例如不懂诗词平仄押韵的，硬要为书中人物作几首诗词，往往就露出马脚。综观这些武侠小说，虽然尚新尚奇，但新奇得过了限度，便近乎说梦，越读疑点越多，便越觉得虚假，感人的力量便大为减弱。而且这些小说，大多只是着意编织光怪陆离的武侠世界，一味逞奇，立意不高，与能深刻揭示人生问题的金庸作品相比，自然大为逊色。其成就与影响，当然就相距很远了！

梁羽生、金庸、古龙号称新派武侠小说三大家，下面对这三家依次作一简述：

· 新派鼻祖梁羽生

梁羽生创作新派武侠小说起步最早，被誉为"新派鼻祖"。他的第一部武侠小说《龙虎斗京华》写于一九五二年。促成这部小说产生的是当时中国香港的一场拳师比武。比武只进行了三分钟，就以太极派老掌门一拳打得白鹤派掌门人鼻子流血而结束。比武结束后，街谈巷议十分热烈。当时《新晚报》的总编灵机一动，便邀梁羽生写武侠小说，于是《龙虎斗京华》便在比武三天后连载。从处女作这一点看，《龙虎斗京华》是值得肯定的。但此书基本上还是白羽、郑证因那一套旧武侠小说的写法，文字与情节都未够精彩，远不如后来的《萍踪侠影录》和《云海玉弓缘》，严格地说，是不能算作新派武侠小说的。但由于它是梁羽生的处女作，为新派武侠小说的确立作了尝试，因此虽不精彩，也应有它一定的地位。从《七剑下天山》和《白发魔女传》开始，作者才着意向外国小说学习运用新文艺手法进行创作。小说中情节交叉多变，悬念迭起，文辞雅丽流畅、活泼生动，吸引了很多读者。《萍踪侠影录》和《云海玉弓缘》是梁羽生的代表作品，作者本人也自认这两部小说比较满意。《萍踪侠影录》成功地塑造了一个风流儒雅的名士型侠客张丹枫的形象。张丹枫武功高强，为人正直，富有同情心和正义感。他本是元末农民起义领袖张士诚的后代，对朱元璋建立的明朝怀有世仇，但当国家、民族出现危机时，他能捐弃前嫌，以大局为重，奔走于中原与塞北之间，为抗击瓦剌而扶助明朝。张丹枫是一个真正的"侠"，他的所作所为完全合乎侠义的标准。这与那些武功高强而邪正不分的"侠客"是截然相反的。《萍踪侠影录》除了写张丹枫在大是大非的问题上处理得当之外，还写了他与仇家后代云蕾缠绵曲折的爱情故事。书中把张、云二人的爱情纠葛，紧密地与家国命运交织在一起，写得荡气回肠，感人肺腑。《云海玉弓缘》中的金世遗和厉胜男是另一类典型，二人行事怪异，所作所为常常出人意料。特别是厉胜男，更近乎邪僻一流，诡谲多诈，机心百出，令人防不胜防。金、厉二人中，添上一个清丽绝俗的谷之华，便组成一个爱情三角。这个三角恋爱，与江湖上的仇杀争斗纠缠在一起，复杂多变，动人心魄，最后以悲剧结束，作了一个妥善的解决。梁羽生作品现有三十五部，称为"梁羽生系列"。"系列"中的各部小说，或纵或横，或远或近，大都互有联系。以《七剑下天山》为例，《白发魔女传》《塞外奇侠传》是它的前集，《江湖三女侠》《冰魄寒光剑》《冰川天女传》《云海玉弓缘》《侠骨丹心》等，则是它的后集。再推前一点的，还有《萍踪侠影录》《散花女侠》《还剑奇情录》《广陵剑》等，这些，把它当作是《七剑下天山》的外集、别集，也未尝不可。总之，梁羽生这个"系列"，以历史线索为经，以武学师承为纬，纵横编织而成。读者一集一集地读下去，便觉得书中人物前后远近俱是熟人，从而兴味大增，穷追不舍。

但梁羽生新招不多，他的作品看得多了，便觉得大同小异，缺少变化。后期的《剑网尘丝》和《幻剑灵旗》，在写法上虽作了一些新的尝试，却又不怎么成功。与金庸丰富多彩、雄浑博大的作品比起来，便相形见绌了。但他在创立新派武侠小说方面，毕竟厥功甚伟，这一点是应该给予充分肯定的。

· 博大精深的金庸

金庸第一部武侠小说《书剑恩仇录》写于一九五五年，最末一部《鹿鼎记》结束于一九七二年。十七年来，共写了十五部武侠小说。这十五部作品中，有卷册巨大的"射雕三部曲"（《射雕英雄传》《神雕侠侣》《倚天屠龙记》），有五卷本的《天龙八部》和《鹿鼎记》，也有篇幅短小的《鸳鸯刀》和《越女剑》。其中四卷本的《笑傲江湖》，写尽武林中人拉帮结派的倾轧斗争。这种斗争，与政治上钩心斗角的派系之争毫无二致。《笑傲江湖》一书，完全可以当作社会小说来看。金庸笔下拥有一大批震世骇俗的武林高手，一出场就已经是一代宗师的有洪七公、黄药师、欧阳锋、一灯大师、周伯通、金轮法王、张三丰、风清扬、任我行等人，而郭靖、杨过、张无忌、令狐冲、段誉、虚竹等，则是经过无数的艰难曲折与奇缘遇合之后，才学得上乘武功的。这些艰难曲折与奇缘遇合，真是难到死生一线之间，奇到超乎想象之外。由于主人公接连不断的奇险遭遇，便使得书中高潮迭起，紧张异常，令人目夺神迷，无法释手。郭靖的朴讷真诚，杨过的深情疏放，张无忌的胸无定见，令狐冲的豪狂多智，段誉之痴情，虚竹之憨直，都给人留下很深的印象。其中，郭靖与张丹枫一样，是真正的"侠"。他处处以国家民族为重，宅心仁厚、侠义为怀、武功之高，已臻第一流境界，堪称"侠之大者"。而杨过，为人狂放，行事怪异，与梁羽生笔下的金世遗，亦有相似之处，但遭遇之奇，身世之苦，性格之僻，用情之专，则是金世遗无法相比的。

金庸笔下，新奇的理论层出不穷，他借风清扬之口，提出"无招胜有招"的理论，为后来古龙创作无招式的武侠小说作了准备；他那"世上最厉害的招数不在武功之中，而是阴谋诡计"一语，更是石破天惊、振聋发聩，具有警世讽世的作用。而把武功及其招式加以"雅化"，金庸是登峰造极的。在他笔下，有出自江淹《别赋》的"黯然销魂"掌法，有出自曹植《洛神赋》的"凌波微步"轻功，至于洪七公"降龙十八掌"中之"潜龙勿用""亢龙有悔"等招式名称，则出自《易经》，而神妙无比的"北冥神功"，却是源出于《庄子》的《逍遥游》篇。金庸善于为人物取名，这种取名虽带有游戏之意，却非常符合人物的性格。如"任我行"一名，可见其横行江湖，目空一切；"灭绝师太"一名，可见其乖戾狠辣、刚愎自用；而"昆仑三圣何足道"七字，绰号与姓名连在一起，显得既傲且谦，则又十分有趣。华山论剑前后五大高手的称号，也起得很有意思，特别是"东邪""西毒"二名，最使人拍案叫绝，黄药师行事之邪僻，欧阳锋心肠之狠毒，都是一时无两的。金庸对刁蛮女子似乎特有感受，因此笔下的黄蓉、郭芙、温青青、赵敏、周芷若等，写得十分出色。黄蓉的黠慧、郭芙的霸狠、温青青的凶悍、赵敏的奸刁、周芷若的歹毒，都写得入木三分，使人惊叹不已。

《鹿鼎记》是金庸最后的武侠作品。他塑造过无数出类拔萃的武林高手，最后在此书作出不是武功最强就可以左右社会的结论，是很有深意的。《鹿鼎记》中的韦小宝，是一个武功低劣的无赖，但此人诡计多端，武林高手们也无奈他何。经过一番施展后，他终于功成名就，大富大贵，还娶了一大群老婆，是一个以诡计战胜武功的典型。韦小宝的"好"结局，是颇令人深思的。为什么武功极高者竟不及一个诡计多端的小无赖？推而广之想想，为什么社会上会有有学问的人却被不学无术的家伙捉弄，技术好的人反被无能者整治的现象？这不是很值得人们深思吗？

　　金庸以新颖的风格和形式，写成《鹿鼎记》一书，创造出韦小宝这一个古今中外少见的典型，确是使人耳目一新的。书中充满俏皮游戏之笔，语言谐谑风趣，妙语如珠，使人时时为之拍案和捧腹。由于金庸在这部书中一改以往的写法，竟被读者误认为是别人代笔。金庸在该书后记中自认《鹿鼎记》不太像武侠小说，倒更像历史小说。并说此书写法之完全不同以往，是故意为之的。他说："一个作者不应当总是重复自己的风格与形式，要尽可能地尝试一些新的创造。"这无疑是非常正确的。于是，一个从语言、行动到心理活动都无赖气十足的韦小宝就塑造出来了。韦小宝这个无赖形象，刻画得淋漓尽致，为中国小说人物提供了一个罕见的奇特典型。这是应该充分肯定的。

写完《鹿鼎记》之后，金庸便宣布封刀搁笔，不写武侠了。他用了十年的时间，修改他的作品，然后出版了一整套装帧精美、图文并茂的《金庸作品集》。这套《金庸作品集》收入了他迄今为止的十五部武侠小说。除《越女剑》之外，他把其余十四部小说书名的第一个字，做了一副对联：飞雪连天射白鹿，笑书神侠倚碧鸳。

飞——《飞狐外传》

雪——《雪山飞狐》

连——《连城诀》

天——《天龙八部》

射——《射雕英雄传》

白——《白马啸西风》

鹿——《鹿鼎记》

笑——《笑傲江湖》

书——《书剑恩仇录》

神——《神雕侠侣》

侠——《侠客行》

倚——《倚天屠龙记》

碧——《碧血剑》

鸳——《鸳鸯刀》

只要记住这副对联，就不会被书摊上那些花花绿绿的冒牌金庸作品所骗了。

金庸善作长篇小说，在长篇中充分驰骋想象，写得酣畅淋漓，远胜于他写的中篇、短篇。他对长篇有惊人的驾驭能力，篇幅越长，越能显示他的本领。他挥动如椽大笔，纵涂横抹，时而大开大合、波澜起伏；时而细针密线、精工雕刻。书中线索纷繁、悬念迭起，使人无法预测故事情节的变化发展，往往在看似山穷水尽之时，却突然峰回路转，柳暗花明，另生一种境界。端的是妙手奇笔，匪夷所思。金庸博大精深，包罗万象，文笔雄浑恣肆，想象超妙入微，洞烛人性。描写深刻，博采众长，匠心巧运，熔中外古今于一炉，确非常人所能及。

· **偏锋取胜的古龙**

古龙写武侠小说起步比金庸、梁羽生后，武侠小说的诸般套路几乎已被他们用尽。"若无新变，不能代雄"（梁代萧子显语），异军突起的古龙，便另辟蹊径，纯出偏锋，一头钻进"武侠推理"之中，大写其"武侠福尔摩斯"。他笔下的陆小凤、楚留香等人，武功非凡、机智过人、心思细密、擅长破案。他们善于从头绪纷繁的事件中理出线索，从别人毫不在意的细微之处发现问题，查出一件又一件奇案，解决一个又一个难题。古龙的作品节奏快，善用短句，对话极多，恍似电影分镜头剧本式的写法。在情节的处理上，常借助于电影的蒙太奇手法，运用时空的延伸、压缩、穿插以及多景别、多视点的衔接组合，跌宕跳跃，摇曳多姿，使人耳目一新。

古龙的武侠小说以偏锋取胜，可称"武侠侦探小说"或"武侠推理小说"。他写武侠是为他的推理破案服务的。因此他写武侠打斗，大起大落，三两下便决出胜负。他的小说很少描写武功招式，也不喜细致描写打斗过程。武功招式已被金庸、梁羽生变化发展得淋漓尽致，很难再有所超越了，于是他便祭起"无招胜有招"的法宝，胜就是胜，败就是败，无招无式，以快取胜，恰似"羚羊挂角，无迹可寻"。《多情剑客无情剑》中的"小李飞刀，例不虚发"，用的便是这套法宝。李寻欢的飞刀到底怎样射出的？死者不知，旁人亦不知，因为快得无人能见，自然也就无招可寻了。古龙对写一个天赋少年如何去辛苦学武出人头地，不感兴趣，因此他笔下的武林高手，大多是与生俱来，武功神妙而毫无出处；而且故事的历史背景模糊，朝代极不明朗，编撰起来就可以随心所欲，无所顾忌了。他没有金庸那些卷册浩大的巨制，大多是散件式的系列组合。如《楚留香》，就是以《血海飘香》《大沙漠》《画眉鸟》《蝙蝠传奇》《桃花传奇》五个故事组成，贯穿五个故事的核心人物是楚留香，再辅以密友胡铁花、一点红等人，便走南闯北、诛奸锄恶、所向无敌。又如《陆小凤》一书，就是以六件奇案连缀而成。这些奇案，都离不开财富与权位的争夺，里面包含着巨大的阴谋。该书就是写陆小凤、花满楼、西门吹雪等人，如何协同努力，先后破解这些阴谋的。《楚留香》与《陆小凤》的各个故事，有一定的独立性，既可单独成篇，又可凭着书中的主要人物把它贯串起来，成为一组系列式的小说。古龙行文尚奇，从情节、句式、章节划分到人物性格，都莫不如此。但有时奇得过于生硬和走火入魔，就使人难以置信。古龙的传统文化修养不如金庸、梁羽生的深厚，便扬长避短，专写他的武侠推理小说。他书中时有似是而非的哲理性的句子，如"你的致命敌人，往往是你身边的好友""谁都会被人冤枉，也难免会冤枉别人"之类的句子随处可见。

古龙的小说，商品化味道很浓。短句多及三两个字成段，固然是其作品特色，但亦是其牟利的手段之一。因为这样一来，作品的篇幅便无形中增大了。为了牟利，他还适应市井口味，着意渲染色情。他的作品中常有女性裸露胴体的段落，书中的英雄人物，不少是风流浪子，对两性关系是极其随便的。同样为了牟利，他行文随心所欲。写到哪里算哪里，章节划分全无章法，各章之间没有相对的独立性，有时竟生硬地把两人的对话分属上下两章。小说中的回目更是随手而撰，毫不用心，有时文不对题（如《陆小凤》中《美人青睐》一章竟无美人出现），有时前后重复（如《绝代双骄》前二十章中，竟三次使用"弄巧反拙"作回目），可谓十分拙劣。最糟糕的是有头无尾的作品，如《护花铃》一书，情节尚未充分展开，不少人物的下落尚未交代，那牵系全书、处心积虑梦想独霸武林的师天帆尚未出现，全书便结束了。真结束得莫名其妙。据古龙的朋友说，古龙常有预支稿费却不按时交卷的陋习，因此他的小说成了神龙见首不见尾的半截子著作就不奇怪了。古龙在《楚留香》的代序中，曾非议一些已成俗套的东西，表示要求变求新，但被他所斥的某些公式，他却又是乐于采用的。当一个人的创作被商品化的倾向支配着的时候，虽然口中非议那些俗套和公式，但具体写起来，又会离不开它们的。因为按照公式去编撰故事，行文快捷，产量甚丰，于牟利大有好处，何乐而不为？古龙在求变求新之后，又陷于俗套之中，便是这个缘故。

· **武侠小说的复苏**

武侠小说的复苏，表现在翻印旧书和撰制新作两个方面。

翻印旧书，首先是翻印中国香港的新派武侠小说。二十世纪八十年代初期，最先获得翻印的是梁羽生的作品，后来金庸之作也大量得到翻印。金、梁二人的新派武侠小说相继出现，把读者带入了一个新奇的成人童话世界，迅即出现了一股武侠小说热。到了二十世纪八十年代中、后期，古龙的作品也得以大量翻印出版。当代新派武侠小说三大家的作品，终于在武侠小说的故土出现了。与此同时，萧逸、温瑞安、东方玉、卧龙生等人，也先后有部分作品面世。

在新派武侠小说出现热潮的同时，一些旧派武侠小说的代表作，也开始陆续翻印。如不肖生的《江湖奇侠传》和《近代侠义英雄传》、顾明道的《荒江女侠》、白羽的《十二金钱镖》、郑证因的《鹰爪王》、朱贞木的《七杀碑》、王度庐的《铁骑银瓶》、还珠楼主的《蜀山剑侠传》等书，便由几家出版社分别翻印出版。出版者表明，翻印这些绝迹已久的旧武侠小说，目的是为了向现代小说的研究者们提供难得一见的俗文学研究资料，同时也向年轻一代展示：在纯文学殿堂之外，尚有一个丰富多彩的俗文学文库，文库中的武侠小说世界，是异常奇丽多姿的。武侠小说在现代文学史上，向来不屑一提，现在得以重新出版，承认它的存在，说明它确是复苏了。

武侠小说的复苏，还表现在有一批人在撰制新作。这类新作一般被称为"武林小说"，以示与新旧两派的武侠小说有别，但表现锄强扶弱、伸张正义的侠义主题，还是彼此一致的。因此，这里把它划入武侠小说的范围之内，自是情理之中，并不矛盾。最先闯入武侠禁区的是王占君的《白衣侠女》。该书写清代嘉庆年间女杰王聪儿领导白莲教起义的故事。其实此书只能算是历史小说，书中武侠味不浓，武功技击的描写尤为粗陋，但由于书名沾了一个"侠"字，开了写武侠题材之先，故很受读者欢迎，销售量极为可观。

　　武侠小说的题材比较集中在两个方面：一是以塑造近代历史上著名的武术家为主；一是以描写大振国威，击败外国力士的内容为主。这两类题材互有联系，彼此兼容，并非截然分开。前者比较突出的作品有《大刀王五闯浏阳》《津门大侠霍元甲》《燕子李三传奇》等。王五、霍元甲、李三在中国近代史上都颇有名气。大刀王五在戊戌变法中以试图营救谭嗣同而出名，霍元甲以击败外国拳师而著称，燕子李三则因劫富济贫的侠盗行为而名噪一时，三人堪称是武术界中的代表人物。以中国拳师击败外国力士为内容的作品，曾经一度成为热门题材。如《武林志》写东方旭击毙俄国大力士，《猴侠》写侯佑春击败英国拳师，《武魂》写李慕杰击毙日本武士，《铁砂掌传奇》写马超群击败德国角力冠军，《洋场侠踪》写摔跤王佟良杰击败西洋拳手，等等，大长国民志气，大振神州威风，具有浓厚的爱国主义色彩。但这类题材写得多了，便不免陷于公式之中，写来写去都是一个俗套，多看几部便觉得面孔相似、情节相近，感人的程度自然便大打折扣。除了这两类题材之外，还有一类是把武林高手的活动与近代及现代的史事连在一起的。如《泰山女侠》写庚子事变后金刀寨女杰冯婉娟反帝之事，《北斗峰奇侠》写黄兴率领华兴会反清之事，《鹰拳王传》写蔡锷镖师一家辅佐蔡锷喋血斗争之事，等等；更有写至抗日战争时期，武术家协助抗日队伍打击日本鬼子这样的内容的。时代背景的下限已变得越来越近,《豹侠恩仇录》的武侠故事,更近至二十世纪七十年代,这是新旧两派的武侠小说家们所无法想象的。

综观武侠小说,题材的范围已有了扩大,作者们不囿于门派纷争、江湖仇杀、反清复明、锄强扶弱等旧内容,有意识地拓展题材领域,扣紧现实的生活和斗争,不着意去编织"成人的童话",使读者更觉得亲近和可信。因强调作品的思想性和积极意义,所以作者们非常注重现实主义的创作方法。把武林高手的活动时代移近,并尽量表现他们在人民中的作用,是武侠小说的一个特色。这个特色,既有它值得肯定的一面,也有它不足的一面。值得肯定的是,作品的现实感和真实感增浓了,书中的武林人物与社会现实结合得比较紧密,不像新旧派武侠小说那样,生活在奇异虚幻的武侠世界之中。但这样一来,武侠小说所特有的成人童话色彩便大为减弱了。读复苏后的武侠小说,总觉得作者写得拘谨、呆滞,缺乏天马行空的想象力。这些作品,大多不像是武侠小说,倒更像是历史小说。作者局限于以现实主义手法进行创作,武功的描写就必然不够浪漫夸张,只能适可而止;特别是写至近代及现代的故事时,由于枪炮已经出现,武功的作用便相对下降,更不宜渲染它的神异威力。武侠小说是离不开武侠打斗的,而武侠打斗又离不开色彩斑斓的神异武功,武功越奇幻神妙就越有吸引力。当绝世武功在枪炮面前变得不堪一击时，再神化它的作用就十分可笑了。所以梁羽生等人把他们作品的时代背景下限于清代是十分高明的。因为同现实世界距离得远一点儿，才有利于突出武功的作用。现在的武侠小说，因要强调思想性和现实性，把武林人物的活动背景移近，浪漫的色彩便不够浓厚，而武侠小说离开了惊人的幻想和高度的夸张，离开了神异的武功和奇诡的情节，便失去了成人童话的魅力。复苏后的武侠小说至今尚未出现具有风靡力量的作品，原因正与此有关。另外，复苏后的武侠小说作者多是一些新人，知识面不够广博，缺乏金庸、梁羽生、古龙那样的大才，作品比较稚弱。金、梁、古三人，各有所长，堪称大家，特别是金庸，学贯中西，博古通今，想象超妙，构思奇特，远非常人所能及。

武侠小说得到复苏，这是值得高兴的，期待以后能出天才，将武侠小说创作推向一个更高的境界。

武侠小说——成人的童话

　　武侠小说以其情节曲折、悬念迭起、武功神异、打斗紧张而吸引着众多的读者。人们对锄强扶弱的英雄侠士十分钦佩。在旧社会，广大下层人民特别喜欢看武侠小说，当他们在现实生活中受到迫害而赴诉无门时，就渴望有一个除暴安良的侠士出来伸张正义，为他们报仇雪恨，把压迫者除去。这样的英雄侠士，是很受群众欢迎的。

　　著名数学家华罗庚先生风趣地称武侠小说为成人的童话。这是不无道理的。童话是儿童文学的一种，它通过丰富的想象、幻想和夸张来反映生活，以教育儿童。它的故事情节神奇曲折，对自然物往往作拟人化的描写，很能适应儿童的心理和爱好，因此儿童们很爱看。童话的对象是儿童，那么，成人的童话，它的对象当然就是成年人了。武侠小说正是以神奇曲折的故事情节，通过丰富的想象和惊人的夸张来反映生活，而吸引着成千上万的成年人的。小说中的人物虽然武功神异，被夸张到不可思议的地步，但都具有普通人的感情和性格，人们是可以接受的。不同的人在阅读武侠小说时有不同的寄托：饱经风霜的老年人会希望自己身边有一个小说中的侠士来排难解忧；富于幻想的青年人却向往自己充当侠士的角色；而更多的人则是把武侠小说拿来作茶余饭后的消遣用的。这些，都是构成武侠小说至今还深受群众欢迎的原因之一。

有人问：为什么武侠小说的时代背景大都是止于明、清两代而不写近代？武侠小说中的招式是小说作者的发明，还是真有这些打法？这两个问题，可以借用新派武侠小说家梁羽生先生的话来回答。他说："近代已有了枪炮，我的人物无法招架了。你以为真是能有人刀枪不入吗？就算你轻功怎么好，也快不过子弹的。所以不能写近代，再写就荒唐了。"他又说："那些招式有的是看拳经，上面大多有这种招式的；名称知道，叫我打可打不出来。点穴也是有穴道，针灸经络图上所有穴道都齐全，方位也有，是不是点那穴道，那就不得而知，纯属胡扯了。"既然是"拳经上大多有这种招式"，也就是说有些招式是作者杜撰的。在武侠小说中，常常看到一些根据古诗文的片言只语而创造出来的新奇招式，如什么"亢龙有悔""暗香疏影"等等，这些自创的招式，往往是很厉害的。而那些由作者苦心臆造出来的神异武功，就更是惊世骇俗了。什么"吸星大法"，什么"修罗阴煞功"，简直神乎其神，使人难以相信。有的武侠小说甚至已发展成神魔剑侠小说，近乎《西游记》和《蜀山剑侠传》了。

如金庸《天龙八部》中的天山童姥，通过修炼，可以返老还童，恢复小孩体态，就像还珠楼主《蜀山剑侠传》中的极乐童子李静虚一样。真是越写越离奇，越写越不可思议。

为了增强书中的真实感，不少武侠小说都拉出历史上的一些有名人物来凑热闹，亦真亦幻、扑朔迷离。这些人物大都是正史上有的，而那曲折离奇的故事，则往往取之野史或传闻，可靠性是不大的。正因为这样似真似假，虚实莫测，这些武侠小说就更吸引人。如《书剑恩仇录》写到乾隆是汉人的后代，野史是有此记载的；又如《七剑下天山》中之神医国手傅青主，历史上是真有其人的。傅青主即傅山，不仅精通医术，而且诗书画俱佳，与明末清初诸名士皆有交往。明亡后，他为了表示忠于朱明王朝，常穿朱（红）衣，住土穴，隐居养母，坚不仕清。康熙年间举博学鸿儒科，强征他入京应试，他以死相拒，始得放还。其他小说中提到的于谦、熊廷弼、袁崇焕、邱处机、彭莹玉以及全真教、明教等，都是史有其人其教的。有些武侠小说，为了适应读者的心理，更虚构出一些历史人物的后代，如何历经磨难，终于成为一代武林高手的动人故事。如袁崇焕之子袁承志，于谦之女于承珠，冒辟疆之女冒浣莲，张士诚之后世子孙张丹枫等，都成了名震一时的大侠。也有的武侠小说，把民间传说中的人物写成武林怪杰的，如《书剑恩仇录》中的阿凡提便是突出的一个。不少武侠小说的地理背景都喜欢写漠北、塞外、奇峰、恶水，因为这些地方人所罕至，写时可随意挥洒，也容易使人有新奇感。有的武侠小说家，已写了多部著作，觉得只写本国的内容已不够了，便越出国界，把人物对象和活动范围扩展到天竺（印度）、日本、波斯（伊朗）、尼泊尔、俄罗斯去，真是越写越远了。

作为通俗文学的武侠小说，由于故事情节奇诡曲折，引人入胜，因此普遍受到群众欢迎。只要内容不是反动和诲淫诲盗的，就该容许它存在下去。茶余饭后或工作之暇拿它来消遣一下，是可以调剂身心的。华罗庚先生在精研数学之余就很喜欢看武侠小说。他在英国伯明翰与梁羽生交谈时认为："不应该像条件反射一样，一看见武侠小说就认为是坏东西""如果内容不好，别的小说也可以是坏作品，历史小说也可以有坏内容的""只看形式不看内容，贴一个标签，这不是一种科学方法"。华先生的话是有道理的。我们不妨把武侠小说看作是成人的童话，或看作是科学幻想小说，小说中的神功奇技，说不定将来是会以某种形式出现的。从前武侠小说中所说的金钟罩、铁布衫的功夫，现在不是从气功师的精彩表演中可以看到吗？那视通万里的水晶球，不正像现在的电视机？那可以在千里之外取人性命的飞剑，大概就是现在的远程导弹吧……

武功与招式的"雅化"

武侠小说离不开武打，武打又离不开招式。旧武侠小说的武打招式多与象形有关，如向上腾跃的"一鹤冲天"，双掌齐出的"猛虎伸腰"，朝前直刺的"玉女穿针"，向下斜劈的"独劈华山"等等，均是象形象势的招式。这些象形招式，与华佗当年据虎、鹿、熊、猿、鸟的活动姿态而创造出来的"五禽戏"，道理完全一致，学武者可以据形练习。但新派武侠小说中经过"雅化"的许多招式，却是无法练习的。这些新奇招式，大都是作者据古诗文的片言只语，凭空杜撰出来。空灵缥缈，无迹可寻，教人无法捉摸，不知从何入手。《连城诀》中的唐诗剑法，招式全从唐诗中来，如"天花落不尽，处处鸟衔飞""落日照大旗，马鸣风萧萧"等招，很难猜得出它的姿势该是怎样的。而《侠客行》中金乌刀法的招式就更是异想天开，稀奇古怪。金乌刀法乃专为克制雪山剑法而创。雪山剑法有"苍松迎客""暗香疏影"等招，金乌刀法则针锋相对的应之以"开门揖盗"

和"鲍鱼之肆"。以"揖盗"抗"迎客",以浓臭破清香,真是少见的奇招!但这两招纯是取意,到底是如何使的?那就无法说清了。

新派武侠小说家笔下的武功,往往比实际的功夫多了一圈幻想的彩虹,显得更为绚烂多姿。在他们的笔下,琴音可以夺命,棋子可以打穴,飞花摘叶可以伤人,喷酒弹冰可以毙敌。日常生活中的用具如绣花针、钓鱼竿、船桨、秤锤、算盘、腰带等,都可作为独门兵刃使用。至于书画中可以暗藏极厉害的武功心法,诗文中含有莫测高深的武学要旨,就更是神乎其神,匪夷所思了。

金庸是"雅化"武功与招式的高手,他利用古诗文的片言只语,创作了不少新奇的武功。如《射雕英雄传》中洪七公教给黄蓉的"逍遥游"拳法,就出自《庄子》;《书剑恩仇录》中陈家洛在西北山洞玉室内悟到的上乘武功,就来自《庄子》的"庖丁解牛";《天龙八部》中段誉的神妙轻功"凌波微步",名称就出自曹植的《洛神赋》;《侠客行》中的石破天之所以能成为当世武林第一高手,是因为在侠客岛的二十四个石室内,参透了据李白《侠客行》诗意雕刻在石壁上的武功图谱,而最后一个石室内的蝌蚪文《太玄经》(汉代扬雄作),竟是人体中经脉穴道的线路方位图,如此等等。其中最为神妙的是《神雕侠侣》中杨过所创的"黯然销魂"掌法。这套掌法从名称到招式都奇异之极,简直不可思议;但细细思之,却又在情在理。这是杨过在绝情谷断肠崖与小龙女分手后,终日苦苦思念而自创出来的。

他将这套掌法定名为"黯然销魂掌"，取的是江淹《别赋》中那一句"黯然销魂者，唯别而已矣"之意。这套掌法，施用者必须心中真有相思离别之苦，始能发挥它的威力。杨过也只使用过三次——打潇湘子等人一次，演给周伯通看一次，和金轮法王决斗一次。杨过自与小龙女相会后，心中愉悦之极，"黯然销魂掌"也就威力大减，无形中消失了。"黯然销魂掌"共有十七招，而不是十八招，取单数而不取双数，于此也可见作者的匠心。金庸在把武功"雅化"的同时，笔调是谐谑风趣的。这十七招"黯然销魂掌"的名目，纯是取意，以见黯然销魂的愁苦心情。但用语有庄有谐，古怪有趣，使人不禁发笑。这十七招的名目是：徘徊空谷、力不从心、行尸走肉、庸人自扰、倒行逆施、杞人忧天、无中生有、拖泥带水、废寝忘食、孤形只影、饮恨吞声、六神不安、心惊肉跳、穷途末路、面无人色、想入非非、呆若木鸡。但不知何故，杨过与金轮法王决斗时所用到的"魂不守舍"（打萧湘子等人时写作"神不守舍"）、"若有所失"两招，却不包括在内。本来，这两招较之"倒行逆施"和"拖泥带水"，是更与"黯然销魂"的心境贴近的。大概是作者一时疏漏了吧？这十九招名目，绝大部分是成语，作者随手拈来，便成了使人瞠目结舌的武功招式，真是"嬉笑怒骂，皆成文章"了！

陆游有一句教子学诗的名句，叫作"功夫在诗外"。如果我们把它改动两三个字，变成"功夫在诗内"或"功夫在文内""功夫在经内"等，就道尽了中国武侠小说的武功奥秘。正因为武功蕴藏在诗文经书之内，才显得文妙神奇、深不可测，才为读者的想象力提供了广阔的驰骋天地。

把武功与招式加以"雅化"，是新派武侠小说家的一大贡献，在中国武侠小说史上是应该记上一笔的。

武侠的鼻祖是女子

在中国武侠小说中，大都有女侠形象。这是西方"武侠"小说所没有的。西方虽有佐罗、罗宾汉等行侠仗义的好汉，却没有与之相应的女侠形象，读起来便不够引人入胜。

中国见诸文字最早的一名侠客，是春秋时期越国的一个女子。这个越国女子可以说是中国武侠的老祖宗了。

《吴越春秋》记载有这个越国女子与白猿相斗的故事：越国有一个处女，生长在南方的山林中，国中人都称赞她剑术高明。越王派人带上礼物去聘请她，请她教授击剑舞戟之术。于是越女北行去见越王，途中遇见一个老翁，自称为袁公。袁公问越女道："听说你善于击剑，我很想领教一下。"越女说："小女子不敢有所隐瞒，就请老前辈考较考较吧！"袁公随手折取林中的竹子，如断枯木，竹梢跌落下来，越女伸手接着。于是袁公拿着较粗的竹竿向越女刺去，越女反应甚快，立即以细小的竹梢回击，准确地刺入袁公竹竿的筒中。如是者守了三招之后，越女还击一招，疾以竹梢刺向袁公，袁公无法抵挡，只得跃到树上，化作一头白猿，长啸而去。越女见了越王后，越王派一些军官向她学剑，然后再教给士兵。据说当时没有人能在剑术上胜过她的。金庸据此写成武侠短篇《越女剑》。在这个短篇的结尾，写了精通剑术的越女阿青，满怀妒意地以竹棒指着西施的心口。西施后来时时捧心，就是因为中了阿青棒端发出的劲气之故。"西子捧心"这一美好形象竟是这么来的，真亏金庸能想得出来。

后世武侠小说，从这越女与白猿斗剑的故事中受到启发，便创造出越女剑法与袁公剑法。还珠楼主《蜀山剑侠传》中写了好几头会武功的白猿，其中有作为女主角李英琼弟子的袁星，也有业已修炼成人形的袁化，据说都是袁公的后代。梁羽生《大唐游侠传》中那一脸猴相的精精儿，使的就是袁公剑法，金庸《射雕英雄传》中的韩小莹，外号就叫作"越女剑"。

越女之后，唐人传奇中的红线、聂隐娘更是出名的女侠。如果说中国的武侠小说是开始于唐人传奇的话，那么，红线、聂隐娘自然就是武侠的鼻祖了。此后，《拍案惊奇》中的韦十一娘、《聊斋志异》中的无名侠女、《儿女英雄传》中的十三妹，以及明清笔记小说中的高髻女尼、琵琶瞽女、名捕之妻等，都是比较有名的女侠。自从新派武侠小说诞生，金庸、梁羽生笔下便出现了一大群熠熠生辉的侠女形象——黄蓉、小龙女、郭襄、赵敏、周芷若、任盈盈、宁中则（岳夫人）、仪琳、袁紫衣、程灵素、温青青、霍青桐、云蕾、于承珠、白发魔女、刘郁芳、冒浣莲、吕四娘、冯瑛、冯琳、谷之华、厉胜男、冰川天女等等。她们有的豪爽、有的心细、有的黠慧、有的痴情、有的刁蛮、有的强悍，在刀光剑影与行侠仗义之中，时时透露出中国古典女性特有的东方美。她们在对待爱情的态度上，有的已开始露出现代人的思想品格了。

从审美的角度看，武侠小说如果只是粗豪大汉比武争雄，谁身高力大谁就取胜，是没有什么好看的。书中有了女侠的形象就大不一样了。试想一个娇小玲珑的女子，竟然能同几个虎背熊腰的汉子打斗，并战而胜之。这多够刺激！这种娇女与壮汉相斗的场景，自然要比两个莽汉你砍我劈的情景，更能体现出对比的美。

古来阴阳对立，相反相成，相生相克。武侠小说遂有"双剑合璧"的描写。《萍踪侠影录》中的张丹枫与云蕾，所习的剑法，乃是师祖玄机逸士所创的"万流朝海元元剑法"和"百变阴阳玄机剑法"，这两套剑法实际上各为半套，合起来才是完整的一套。因此两套剑法分开使用时，虽然各有威力，却远不及合起来威力巨大。玄机逸士挑选男女弟子各一名，分别学这两套剑法，一阴一阳，相互配合。彼此救应，神妙无方。"双剑合璧"的力量，远远超过两人力量的总和，是因为除了二人力量相加之外，还有一个彼此配合默契的重要因素在内。这种心灵默契的力量是无法估计的。因此，双剑合璧具有异乎寻常的巨大力量。如同舞蹈中的男子双人舞和女子双人舞均不及男女混合双人舞精彩一样，男女双剑合璧，兼具阳刚与阴柔之美，在武侠打斗中更显得多彩多姿。所以，中国武侠小说有女侠形象，确是较之只有骑士、枪手的西方"武侠"小说丰富得多，也好看得多的。

武侠与剑侠

　　武侠以技击搏斗的拳脚功夫为主，虽然有时武功过于神奇，但还不算怪诞，基本上属于写实型；剑侠则不同，飞剑法术，玄功变化，藏身人腹，轮回托生，属浪漫荒诞型。以此区分，则唐人传奇中的虬髯客、昆仑奴、黄衫客、许俊，均可视之为武侠；而聂隐娘、红线、空空儿，则属于剑侠一流。中国的武侠小说，从唐人传奇开始，便是按武侠与剑侠这两条线并行发展的。明清两代的武侠短篇，亦是按此分为两类。清人郑官应会从明清笔记小说中搜辑此类故事，编成《续剑侠传》一书。书中《大铁椎传》《伟男子》《琵琶瞽女》《毛生》《空空儿》《葛衣人》《末座客》《黄瘦生》《侠女子》等篇，就属于武侠一类，所写众人武艺，近乎写实，无甚怪诞之笔。而剑侠一类内容，则极其荒诞无稽，如《李鉴夫》一篇，写"剑出眉间，烁烁如电"；《青豆子》一篇，写宝剑藏于"脑后臂间"；《顶缸和尚》一篇，写能"分身隐形"；《道人》一篇，写能"口中吐火"炼剑，俱极神妙不可思议。

另有《李福达》一篇，除写此人能"分身散影"外，尚能"役使山魈，坐致行厨，兴云腾雨，飞沙走石"，更是奇幻之极，使人难以置信。在长篇创作中，著名的《水浒传》和《西游记》，虽不称为武侠小说，但这两部作品，一写人间豪杰争雄，一写天上神魔斗法，亦分属写实型与浪漫荒诞型两类。民国时期以来，武侠小说极多，据《鸳鸯蝴蝶派研究资料》的不完全统计，作者近一百八十人，作品达六百九十部，亦是分为武侠与剑侠两大类。平江不肖生的《江湖奇侠传》，还珠楼主的《蜀山剑侠传》和《青城十九侠》，是荒诞浪漫型的剑侠代表作；郑证因的《鹰爪王》、朱贞木的《七杀碑》、白羽的《十二金钱镖》、王度庐的《铁骑银瓶》，则是写实型的技击武侠名著。剑侠与武侠，浪漫与写实，依旧是两条线并行发展。二十世纪五十年代以来的新派武侠小说，基本上是以写实为主，书中人物既食人间烟火，又无眉间出剑、分身隐形之术，读来比较可信。但由于武功过于神奇，想象与夸张的成分太重，因此便在写实中掺有荒诞了。如《天龙八部》中之天山童姥，在练功时会回复孩童体态；无崖子能在顷刻之间把七十余年功力尽数注入虚竹体内；段誉的六脉神剑和鸠摩智的火焰刀，可以凭指掌间发出的气流来杀敌；《云海玉弓缘》中的金世遗，能运用"天遁传音"神功，暗中指点冰川天女击败阳赤符，旁人却听不到他的声音；《楚留香》中的楚留香，练成不用口鼻而以皮肤毛孔呼吸的奇功；《天蚕变》中的云飞扬，练成了天蚕功，能像蚕一样脱胎换骨，蜕变而出;《骷髅画》中的聂千愁，他的葫芦中藏有"梦幻天罗、六戊潜形丝"，放出来能像巨网一样捆人缠人，却又全无形影，就像《蜀山剑侠传》中的法宝一般。所有这些，都是怪诞无稽的。由于不少武功已变成了超武功的东西，越来越玄妙，越来越神化，新派武侠小说的作者们便向玄想超妙的《蜀山剑侠传》求助，借取其中的法宝法术名称，进行加工改制，为己所用。如"天遁传音""乾坤大挪移""天魔解体大法""金刚不坏身法""太乙五烟罗"等等名称，均源于《蜀山剑侠传》一书，移用之后，便成了神妙的武功心法;而作了改头换面的"天一神水""赤影神光"等物，则具有极厉害的杀人效用。新派武侠小说由于超武功的出现，便带有某些剑侠的色彩，虽然这些超武功的描写并非口吐白光之类的飞剑法术，但其异想天开之处，与飞剑法术同样离奇怪诞。具有超武功的武侠，其玄功变化的匪夷所思，是庶几与剑侠相近的。这些神功盖世的"超一流武侠"，可以看作是武侠与剑侠合流的产物。这样一来，原有武侠与剑侠、写实与荒诞的界线便变得模糊不清了。但这些具有剑侠之能的武侠，始终是侠而不是仙，到底与传统的剑侠不同;因为剑侠的最高境界是剑仙，而武侠是不能达到这样的境界的。因此这些新武侠小说，虽是把武侠的写实与剑侠的荒诞熔于一炉，但还是有明显的区别的。

千姿百态话招式

　　武侠小说中打斗的招式名目，形象生动、多彩多姿，给人印象甚深。旧派武侠小说的招式，大多从《拳术精华》之类的书中检来；这类招式，在传统武术中确实是存在的。它大多模拟飞禽走兽的活动姿势，或立或伏，或伸或缩，或进或退，或飞或走，或俯或仰，或上或落，或摇头摆尾，或翻身探爪，真是动作多样，姿势优美，令人眼界大开，为之叹赏不已。只要翻开郑证因、朱贞木和白羽的小说一看，便可随手捡到下列一大堆这样的招式："乌龙卷尾""黑虎掏心""野马分鬃""犀牛望月""白鹤亮翅""金鸡独立""燕子穿帘""平沙落雁""白蛇吐信""玉蟒翻身""猿猴献果""狡兔翻砂""铁牛耕地""灵猫捕鼠""懒驴打滚""蜻蜓点水""鱼跃龙门""野鹤盘空""猛虎伏桩""鲤鱼打挺""壁虎游墙""野马跳涧""饥鹰攫兔""孔雀剔翎""金雕振羽""丹凤朝阳""老猿坠枝""懒虎伸腰""云龙探爪""金鲤翻波""游蜂戏蕊""海燕掠波""大鹏展翅""金鸡点头""乌龙盘柱""一鹤冲天""飞燕投林""玄鸟划沙""鹞子翻身""毒蛇寻穴""蜉蝣戏水""苍龙归海""猴子偷桃""金豹露爪""狮子摇头""倦鸟旋窝""鹞子钻天""云龙三现""金龙抖甲""饿虎擒羊""怪蟒出洞""双龙探珠""螳螂奋臂"等等，真是百态千姿，不胜枚举。由于这些招式形态多样，富于动感，同中有异，异中有同，极饶变化之趣，因此在新派武侠小说中依旧乐于使用。

在武侠小说中，有些招式是模拟人物动作的，如："太公钓鱼""织女投梭""夜叉探海""霸王卸甲""仙人指路""巧女簪花""金刚托钵""童子拜佛""樵夫问路""玉女穿针"等。这类招式的特点是以一个人名加一个动作组成；而另一类则是只有动作，并不点出这动作是谁发出的，如"卧看巧云""拨云见日""推窗望月""倒打金钟""叶底摘花""举火燎天""倒拔垂杨""拨草寻蛇""旱地拔葱""顺水推舟""手挥琵琶""横身打虎"等便是。再有一些招式是单纯写物的，如"金针度线""铁锁横舟""老树盘根""横架金梁"等。这类招式不多，远远比不上模拟鸟兽和人物动作的招式丰富多彩，相形之下，是比较逊色的。

日月星辰、风云雷电以及山川景物等自然现象也可以用作招式，如"春云乍展""白虹贯日""流云赶月""斜月三星""回光返照""沉雷泄地"等招，在新旧武侠小说中均可看到。但这类招式在旧武侠小说中变化不多，用来用去只是寥寥数例；只有到了新派武侠小说家的笔下，才得以充分发挥。如"万岳朝宗""白云出岫""雁回祝融""天柱云气""叠翠浮青""风沙莽莽""赤日炎炎""大漠流沙""无边落木""万里飞霜""横云断峰""松涛如雷""飞瀑流泉""千山落叶""冰河倒泻""冰川解冻""层冰乍裂""雷电交轰""冰魄流光""月色昏黄"等等，纯是写景，一个个招式，均可看作是一幅幅图画。金庸、梁羽生是创制此类招式的高手，他们的招式时时随人物和地域而变，写衡山派的武林人物，便让他使用"雁回祝融""天柱云气"这些包有衡山奇峰的招式，写冰川天女，便让她运用"层冰乍裂""冰河倒泻"这些带有冰峰寒气的招式。其中金庸创制招式，更可以说是已到了随心所欲的地步。如"曲径通幽""扬眉吐气""凭虚临风""明月羌笛""四夷宾服""云烟过眼""浪子回头""天马行空""弄玉吹箫""萧史乘龙""青梅如豆""柳叶如眉""雾中初见""雨后乍逢""长者折枝""雪花六出""岱宗如何""青山隐隐""江河日下""拨狗朝天""饭来伸手""空屋无人""亢龙有悔""损则有孚"等等，有庄有谐，有雅有俗；有的浅白，有的深奥；有用古代典故，有用日常事情；有诗句的择用，也有经文的撷取。真是信手拈来，便成高招。古墓派中的"美女拳法"，每一招都是模拟一位古代美女的动作，如"嫦娥窃药""班姬赋诗""木兰弯弓""红线盗盒""红玉击鼓""绿珠坠楼""文姬归汉""红拂夜奔"等，形态婀娜妩媚，招式名称古雅，使人触目怡然，神思飞越。而杨过因思念小龙女而自创的"黯然销魂掌"，招名则十分古怪，充满了愁苦之情，如"孤形只影""饮恨吞声""六神不安""心惊肉跳""面无人色""呆若木鸡"等招，很能写出杨过失去爱侣的情态，使人看了也不禁为之黯然神伤。其中最有趣的要算是《侠客行》中史婆婆所创的"金乌刀法"的招式了。史婆婆夫妻不和，她这套"金乌刀法"就是专门克制其夫白自重的"雪山剑法"的。如第一招"开门揖盗"用来克制"苍松迎客"，第二招"梅雪逢夏"用来克制"梅雪争春"。书中这样写道："那第三招'千钧压驼'，用以克制雪山剑法的'明驼西来'：第四招'大海沉沙'克制'风沙莽莽'；第五招'赤日炎炎'克制'月色昏黄'，以光胜暗；第七招'鲍鱼之肆'克制'暗香疏影'，以臭破香。每招刀法都有个稀奇古怪的名称，无不和雪山剑法的招名针锋相对。"这类随手而撰的招式，在金庸的小说中真是比比皆是。如《鹿鼎记》中洪教主的"英雄三招"："子胥举鼎""鲁达拔柳""狄青降龙"；洪夫人的"美人三招"："贵妃回眸""小怜横陈""飞燕回翔"，一刚一柔，相映成趣。又如"般若掌"之"灵鹫听经""无色无相"；"拈花擒拿手"之"沿门托钵""智珠在握"；"破衲功"之"敬礼三宝"等等，武功均与佛门有关，因此招式也就大有禅味了。

比较一下新旧武侠小说中的招式，便见两者之间有同有异。新武侠小说家既继承了旧武侠小说家那些象形象势的招式，又自出机杼，创造出很多象意的招式来。象形象势的招式重实，可以演练；

象意的招式重虚，只可意会，不可言传，大多无法演练。前者以形取胜，后者以意取胜。各擅胜场，不可相废。从武术家的眼里看来，象意的招式是难于接受的；但从读者看来，武侠小说中有了这些象意的招式，形意结合，虚实相生，既谐谑风趣，又触发人们的联想，就更其好看了。不然看来看去只是几招"金鸡独立""白蛇吐信""一鹤冲天""乌龙卷尾"，有什么意思？

写到这里，忽发奇想，笔者虽非武术家，也非武侠小说家，但可以按照此理，创制出一些新的招式出来。下面试随心所欲地创制一批，供读者一笑：

鸢飞戾天、鱼跃于渊、高山仰止、鼓乐吹笙、莎鸡振羽、三星在天、百川沸腾、风雨潇潇（以上取自《诗经》）；天门开阖、玄之又玄、负阴抱阳、大道其夷、深根固柢、绵绵若存、大象无形、虚而不屈、有生于无、天网恢恢（以上取自《老子》）；小大由之、众星拱之、揖让而升、杖叩其胫、子见南子、攻其异端、如琢如磨、以直报怨（以上取自《论语》）；星垂平野、月涌大江、云山北向、风雨东来、花迎剑珮、柳拂旌旗、惊风乱飐，密雨斜侵、五更鼓角、三峡星河、沧海月明、蓝田日暖、金蟾啮锁、玉虎牵丝、饥鹘掠檐、冷萤堕水、黑云翻墨、白雨跳珠、秋鸿有信、春梦无痕、乱石穿空、惊涛拍岸、叠嶂西驰、万马回旋、连营画角、玉壶光转、山抹微云、献愁供恨、乍暖还寒、落日熔金、雾失楼台、帘卷西风（以上取自唐宋诗词）；腾蛟起凤、层峦耸翠、飞阁流丹、雁阵惊寒、秋水长天、落霞孤鹜、虹销雨霁、天高地迥（以上取自《腾王阁序》）；波澜不惊、浊浪排空、南极潇湘、横无际涯、浮光跃金、静影沉璧、一碧万顷、皓月千里、把酒临风、虎啸猿啼（以上取自《岳阳楼记》）；清风徐来、月出东山、白露横江、旌旗蔽空、横槊赋诗、沧海一粟、天地一瞬、物我无尽（以上取自《赤壁赋》）；列子御风、老子出关、庄周梦蝶、如姬窃符、季札挂剑、屈子问天、伯牙抚琴、伯乐相马、西子浣纱、范蠡泛舟、女娲补天、干莫炼剑、张良进履、樊哙屠狗、渐离击筑、贾谊上书、班超投笔、明妃出塞、相如琴挑、文君当垆、刘伶醉酒、渊明爱菊、东坡玩砚、米颠拜石、和靖咏梅、与可画竹、卧薪尝胆、完璧归赵、图穷匕见、指鹿为马、望梅止渴、煮豆燃萁、东山再起、投鞭断流、风声鹤唳、枕戈待旦、中流击楫、闻鸡起舞（以上取自古人情事）。

从"无招胜有招"谈到
"无剑胜有剑"

　　武林高手相斗，自必要过招。早期武侠小说的招式如"金鸡独立""飞燕投林""拨云见日""倒打金钟"等，大都是象形象势的，后来发展开去，在新派武侠小说家的笔下，武打的招式便演变为象意的了。这种纯是取意的招式，空灵缥缈，不可捉摸，恍似宋人严羽以禅论诗所说的"羚羊挂角，无迹可求"一般。如金庸笔下的"暗香疏影""鲍鱼之肆""面无人色""想入非非""岱宗如何""空谷足音"等招式，名称怪异，似有若无，即使霍元甲与海灯法师再生下，也是无法演练的。

　　金庸在《笑傲江湖》中，提出了一个"无招胜有招"的理论，可称武学真谛。书中写华山派前辈风清扬向令狐冲传授"独孤九剑"时说："学招时要活学，使招时要活使。倘若拘泥不化，便练熟了几千万手绝招，遇上了真正高手，终究还是给人家破得干干净净。"他又说："活学活使，只是第一步。要做到出手无招，那才真是踏入了高手的境界。你说'各招混成，敌人便无法可破'，这句话还只说对了一小半。不是'混成'，而是根本无招。你的剑招使得再混成，只要有迹可循，敌人便有隙可乘。但如你根本并无招式，敌人如何来破你的招式？"接着他进一步举例解释道："要切肉，总得有肉可切；要斩柴，总得有柴可斩；敌人要破你剑招，你须得有剑招给人家来破才成。一个从未学过武功的常人，拿了剑乱挥乱舞，你见闻再博，也猜不到他下一剑要刺向哪里，砍向何处。就算是剑术至精之人，也破不了他的招式，只因并无招式，'破招'二字，便谈不上了。只是不曾学过武功之人，虽无招式，却会给人轻而易举的打倒。真正上乘的剑术，则是能制人而决不能为人所制。"金庸借风清扬的口讲述的这套"无招胜有招"的理论，别出心裁，匪夷所思，使人眼界大开，耳目一新。风清扬指导令狐冲学剑时，要他将招式融会贯通，设想如何一气呵成，然后全部将它忘了，忘得干干净净，一招也不可留在心中，待到以后与别人打斗时，便以"无招"的面目出现。后来，令狐冲确是以无招之剑，击败了不少武林高手。这种以无招破有招的武学要诀，在金庸的作品中是时时可以见到的。《倚天屠龙记》中写张三丰向张无忌传授太极剑法时，张无忌不记招式，只是细看他剑招中"神在剑先、绵绵不绝"之意。待到张三丰演练完毕，张无忌已忘了一半；当张三丰再演一遍后，张无忌便忘得一干二净了。随即，张无忌便现炒现卖，以这无招的太极剑法，战胜了号称"八臂神剑"的东方白。原来张三丰传授给张无忌的乃是"剑意"，而非"剑招"。他要张无忌将所见到的剑招尽数忘记，才能得其精髓。这样，临敌时以意驭剑，就能千变万化，无穷无尽。倘若尚有一两招剑法忘不干净，心有拘囿，剑法便不能纯。张三丰这种武学见解，与风清扬是完全一致的。风清扬认为剑术之道，应如行云流水，任意所之；张三丰讲究以意驭剑，心无拘囿。两人都强调要使活招数，切忌拘泥不化，不知变通，而只有到了出手无招的时候，才能达到剑术的最高境界。

出手无招所产生的效果是十分神异的，使许多武林高手也为之瞠目不解，心神俱乱。《笑傲江湖》写令狐冲在药王庙与华山派剑宗高手封不平相斗，每当他在剑招中用上了本门华山派的剑法，或者嵩山、衡山、泰山等派剑法时，便会被封不平循招一一破去，险些右臂被斩；但当他随手乱挥，无招可寻时，封不平便显得手忙脚乱，难以抵挡，最后臂腿被刺中四剑，黯然离去。封不平的一百○八招"狂风快剑"，虽然招数精奇，气势凌厉，终究敌不过令狐冲宛似"行云流水，任意所之"的无招奇剑。真是有招则败，无招反胜了！此类出手无招，弄得武学奇才也大感困惑的例子，在金庸作品中并不少见。《鹿鼎记》中的少林寺般若堂首座澄观大师，武学渊博，熟知天下各门各派的武功，但对绿衫女郎阿珂有意隐瞒武功家数的狂挥乱打，两脚乱踢，却大感稀奇古怪，惊讶不已。因为这些乱挥乱踢，无招无式，不成章法，澄观无法看出她是何家何派，自觉孤陋寡闻，惭愧之至。俗语有说"盲拳打死老师傅"，就是这个道理。《天龙八部》中的逍遥子曾布下了一个"珍珑"棋局，邀请天下高手拆解，结果众多熟悉棋道的人无法破解，反而让一个棋艺低劣的虚竹和尚，闭目乱下一子，无端杀死了自己的一块白棋，竟误打误撞地把这个棋局解开了。虚竹这一下妙着，与武学上的出手无招极其相似。误打误撞竟能奏效，也同样是属于"盲拳打死老师傅"的道理。《天龙八部》里有一个武学奇才王语嫣，她读尽天下武学典籍，举凡各家各派的武功特点和招式变化，以及各种招式的破解，各类武器的辨识，各派武功的长处和不足，都了如指掌。她虽然毫无武功，不懂得耍刀弄棒，却能根据武学典籍所载，指点别人如何出招破招。她曾多次指点段誉却敌制胜，对两个以活蛇为武器的青衫客却毫无办法。因为两条活生生的毒蛇纵身而噬，决不依据哪一家哪一派的武功，要预料它们从哪一个方位攻来，她就无能为力了。两个青衫客长于蛮方，天生异禀，蹿高伏低，灵动之极，步履捷如虎豹，却又全无武功家数。王语嫣虽然想到擒贼擒王，要先打倒毒蛇的主人，但由于无法料到二人如何出步出招，因此纵有满腹武功，也无济于事。段誉终于被两条毒蛇咬住左臂，幸好他曾服食过莽牯朱蛤，百毒不侵，这才没有中毒身亡。对各家各派武功烂熟于胸的王语嫣，这次竟未能指点段誉破敌解困，可以说是书中唯一的一次例外。

凡属某人独创而不为世所知的武功，大都出敌不意，威力奇高，虽有招式，也如同无招一样。《神雕侠侣》中的独臂杨过，因思念小龙女而自创的一套"黯然销魂掌"，掌名奇，招式名称更奇。因纯是独创，敌人闻所未闻，见所未见，全不知他如何出手，更不知有"行尸走肉""呆若木鸡"这类古怪招式。骤一交手，茫然不解，数招便告落败。杨过以这套掌法，与武功高绝的金轮法王相斗时，出招恍恍惚惚，隐隐约约，若有若无，金轮法王虽然饱经大敌，也无法躲过这些不可捉摸的突发奇招，终于被杨过一脚踢中胸口，大叫一声，口喷鲜血，跌下高台。这些"恍恍惚惚、隐隐约约、若有若无"的新招，是庶几与无招相近的。

从"无招胜有招"扩展开去，又有"无剑胜有剑"的提法。杨过从剑魔独孤求败的剑冢中，便深深领悟到这位前辈高人剑术通灵的变化过程。当年独孤求败在打遍天下无敌手之后，隐身深谷，埋剑山中。所埋的四口剑，代表了他一生四个阶段的武功与剑术，第一把剑锋利无比，他二十岁前以之与河朔群雄争锋；第二把是紫薇软剑，他三十岁前所用，因误伤义士不祥，故弃之深谷，仅以石片为记；第三把是重约四十千克的钝剑，他四十岁前恃之横行天下；第四把剑是柄轻飘飘的木剑，因年深日久，剑身剑柄均已腐朽，剑下的石刻题字写道："四十岁后，不滞于物，草木竹石均可为剑。自此精修，渐进于无剑胜有剑之境。"独孤求败用剑由利到钝，由重到轻，纵横江湖三十余载，全仗内力深厚。而这深厚内力，竟是在与山洪冲力的抗击中练出来的。杨过被神雕带到山谷中的溪心练剑，正是重复独孤求败当年的做法。当一个人能做到"草木竹石均可为剑"的时候，举轻若重，举重若轻，距离无剑胜有剑的境界就不远了。"无剑胜有剑"之外，又有所谓"无劲胜有劲""无力即有力"之说，见之于金庸《连城诀》一书。书中的血刀老祖对狄云说道，挥刀时要"腰劲运肩，肩通于臂，臂须无劲，腕须无力"。所说虽然玄妙高深，但在"有""无"之间，与"无招胜有招"的道理还是相通的。

　　金庸对武功的创造、对招式的创新，大概已臻最高境界。如古怪的"蛤蟆功"和"泥鳅功"，如神奇的"吸星大法"和"乾坤大挪移法"，如风雅的"黯然销魂掌"掌法和"凌波微步"步法，如以掌力、指力发出的气流作杀敌武器的"火焰刀"和"六脉神剑"，等等，名称怪异，武功神妙，是异想天开的创造。而招式名称的随心所欲，变化多端，由形而意，由实而虚，趋向诗化雅化，更是一般武侠小说作者所望尘莫及的。后起的台湾武侠小说家古龙，深知博大精深不及金庸，便避开金庸之所长，纯出偏锋，另辟蹊径。他写武侠打斗极少使用招式（有的甚至全无招式），只是大起大落，三两下便决出胜负，用的正是"无招胜有招"的写法。他在《陆小凤》中，借武功奇高的小老头的口说道："那些以招式变化取胜的武功，就完全是孩子们玩的把戏了。"这就无怪乎他摒弃招式不用了。他还从金庸的"无剑胜有剑"中受到启发，写剑神西门吹雪的剑法已达到无剑境界。什么叫无剑境界？书中解释道——他掌中虽无剑，可是他的剑仍在，到处都在。他的人已与剑融为一体，他的人就是剑，只要他的人在，天地万物，都是他的剑。古龙这个无剑境界，与金庸的"无剑论"是截然不同的。古龙上面这段解释，其实是说了人剑合一，人在剑在，并非真的无剑。这与金庸所说的"不滞于物，草木竹石均可为剑"的构想是全不一样的。西门吹雪在与"岁寒三友"之一的枯竹相斗时，手中本来无剑，但他用以击毙枯竹的剑，正是从枯竹手上夺来的。这便是"只要他的人在，天地万物，都是他的剑"的全部秘密所在。

在武侠小说的写作上，古龙和金庸、梁羽生相比，有着明显的不同。他善用推理手法写武侠小说，他笔下的陆小凤、楚留香，擅长破案，可称"武侠福尔摩斯"。他小说情节的奇诡曲折处不弱于金庸，但硬凑的痕迹与突变的地方太多，显得过于跳跃，不够严密。从"武侠推理"与"武侠侦探"这一点看，以前的武侠小说似乎尚未有过。这是古龙的新招。他如此出招，大概也属于"无招胜有招"的一例吧！

世上最厉害的招数

　　《孙子兵法》中有"兵者，诡道也"之说，又有"攻其无备，出其不意"之论，其意都是说，为了取胜，对敌是不妨奇诡多诈的。《韩非子·难一》中说："晋文公将与楚人战；召舅犯问之，曰：'吾将与楚人战，彼众我寡，为之奈何？'舅犯曰：'臣闻之：繁礼君子不厌忠信，战阵之间不厌诈伪，君其诈之而已矣。'"这段文字，便是"兵不厌诈"这一成语的出处。此时晋国弱小而楚国强大，为求战胜对方，故"战阵之间不厌诈伪"。这是深合孙子兵法的。狐偃（即舅犯）会随晋公子重耳（即后之晋文公）流亡在外十九年，后助其回国即位。回国后，狐偃任上军之佐，在这次晋楚交兵中，用计击败楚国，是中国历史上以弱胜强的著名战例，史称"城濮之战"。既然"战阵之间不厌诈伪"，因此武侠打斗自然也不免使用计谋。俗语说，力不能胜，则以智取，便是这个道理。问题是这用计者是谁？目的是为了什么？如果用计者是善良之人，为的是除暴安良，伸张正义，那么，这计谋便是智谋；反之恶人使用奸计，害人害物，那就是阴谋了。

在新旧武侠小说中，时见以阴谋战胜武功的例子。旧武侠小说家白羽，在《十二金钱镖》中，写了武功极高的一尘道人，因误中敌人"假采花"之计，被假扮受辱的少妇以毒蒺藜击中肩背，后又受围攻缠斗，终至毒性发作，不治身亡。在《偷拳》中，又写了身怀绝技的太极陈，因遭仇人暗算，险些被大火烧死在屋内。一尘道人和太极陈的对手，都是在明知武功不及的情况下，设置圈套陷害的。金庸作品中此类例子亦不少见。《射雕英雄传》中的洪七公与欧阳锋，武功不相上下。二人离开桃花岛时，在船上打了起来，后来着火的船帆下跌，将欧阳锋全身罩住。洪七公不忍见他就此活活烧死，便出手相救，将火帆拉开，又将扫向他的已烧红了的大铁链投入海中。谁料欧阳锋却恩将仇报，趁机纵蛇杖上的毒蛇咬洪七公的后颈，后又运劲猛力一掌击中他的背心。洪七公当即口喷鲜血，重伤倒地。洪七公以一念之仁，便中了欧阳锋的毒手。欧阳锋号称"西毒"，行事心狠手辣，一如其号。为了除去他日华山论剑的大敌，他是什么阴谋手段都可以使出来的。《倚天屠龙记》中的少林寺僧圆真，出家前名成昆，亦是一大奸大恶之徒。他因自小有婚姻之约的师妹嫁给了明教教主阳顶天，便对明教恨之入骨，发誓要想尽办法，覆灭明教。他得知徒儿谢逊是明教四大护教法王之一后，便故意杀掉谢逊全家，以此激怒谢逊，让他肆意而为，滥杀江湖好汉，结下无数冤家，使得人人憎恨明教，务必灭之而后快。后来，武林六大派围攻明教重地光明顶，他从秘道中潜身上山，趁光明左使杨逍与青翼蝠王韦一笑及五散人发生争执，彼此以内力相抗时，在背后突施"幻阴指"，点了众人大穴，使他们动弹不得。以杨逍与韦一笑的武功，分别都可与圆真决一死战，圆真若非趁着他们一齐收功撤力的瞬息时机，闪电般猛施突袭，是断不能一举奏效的。圆真暗算得手后，哈哈大笑道："出奇制胜，兵不厌诈，那是自古已然。我圆真一人，打倒明教七大高手，难道你们输得还不服气吗？"圆真以一人之力，击败七大高手，凭的是卑鄙无耻的暗算，而不是光明正大的比斗，从他这番得意扬扬的话中，可以看出他是很欣赏自己的阴谋诡计的。《笑傲江湖》中的日月神教教主任我行，与少林寺方澄大师的武功不相伯仲。任我行的"吸星大法"，专吸对手内力，但碰到练了《易筋经》内功的方澄大师时，"吸星大法"便不起作用。方澄大师内力纯正浑厚，两人掌力相交，任我行便觉全身气血晃动。任我行知道这样斗下去，自己势必落败，为要取胜，便行奸使刁，突向站在一旁的余沧海猛下毒手，待到方澄大师出手救援时，便反拿方澄要穴，跟着右手一指，点中他的心口。方澄大师身子一软，便摔倒在地。任我行是算定了这个有道高僧菩萨心肠，慈悲为本，必定会舍身相救，才行此奸计的。华山派掌门人岳不群见了，就大声说道："任先生行奸使诈，胜得毫不光明正大，非正人君子之所为。"岳不群此话说得堂堂正正，自是十分在理。但说归说，做归做，为了夺得五岳剑派掌门人的高位，他亦是行奸使诈，毫不光明正大的。他武功本不及嵩山派的左冷禅，便处心积虑谋夺福建林家的《辟邪剑谱》，剑谱夺得后，便秘密自宫练剑。后来在并派大会上，与左冷禅比剑夺帅，他先是佯示怯意，声称只是"切磋武艺，点到为止"；又说不管谁胜谁负，门下均不得"寻仇生事，坏了我五岳派同门的义气"。待到相斗时，他竟在掌中暗藏毒针，趁着与左冷禅对掌的机会，倏地刺中左冷禅掌心。后来二人以性命相搏，左冷禅着着进迫，手上连连催劲，猛地一剑疾撩，把岳不群的长剑震飞。谁料就在此时，岳不群身形飘忽，有如鬼魅，突然使出了《辟邪剑谱》中的功夫，以绣花针刺瞎左冷禅双目，从而登上五岳剑派掌门人的高位。岳不群号称"君子剑"，外表文质彬彬，谈吐风雅，言词公正，显得正气凛然，其实却是一个伪君子。他曾对人说过："真正大奸大恶之徒，必是聪明才智之士。"他深藏不露，工于心计，颇具聪明才智；但下手狠辣，全无人性，却又是货真价实的大奸大恶之徒。岳不群此人是很有伪君子的典型性的。

《鹿鼎记》中的韦小宝则是另一类典型。此人无赖成性，武功极其低劣，全凭一柄削铁如泥的锋利匕首和一件护身宝衣，多次逢凶化吉，遇难呈祥。他这柄锋利匕首，时时藏于靴中，危急时骤然一挥，断金削玉，每奏奇效；而护身宝衣，更不知多少次帮他捡回一条小命——不论剑刺刀劈或掌力猛击，都无奈他何，人们还以为他已练就佛家的"金刚不坏身法"呢！但韦小宝在无数次生死关头中能躲过劫运的，并不仅仅倚仗这两件"法宝"，最主要的还是靠他的计谋。韦小宝脑子极灵，为人狡猾，花样百出，机诈多变，他先后遇过鳌拜、海老公、胖头陀、洪教主等气力与武功均比他高出很多的人物，最后都能全身而退，所赖的主要不是手脚矫健和武器犀利，而是转得极快的脑子。设若他的计谋不是电闪而出，迅速扭转局面，小命早就没有了。韦小宝这个武艺低劣的小无赖，凭着油腔滑调、巧舌如簧以及诡计多端、随机应变，使得众多的武林高手也奈何他不得，他是一个纯以诡计战胜武功的典型，在武侠小说的人物中是可以占一特殊地位的。后起的武侠小说家温瑞安的《骷髅画》中有一个关小趣，亦是武艺低劣之徒。他因是大侠关飞渡之弟，人们便不防备他，他便得以从背后突然袭击，使老于江湖的"四大名捕"之一的冷血，也躲避不及，右胛肌被刺中，当即重伤倒地。事后老奸巨猾的李鳄泪，对武功极高的冷血和李玄衣道："他武功虽然不高，但几乎一出手就能杀了你们，所以脑袋永远比手上功夫重要。"这"脑袋比手上功夫重要"一语，正是对阴谋诡计胜于武功的绝好解释。古龙笔下极多阴险奸诈的人物，使人防不胜防。他有一个写作公式是：最亲密的朋友便是最阴险的敌人。谁有了这样深藏不露的"亲密朋友"，不管武功多高，也很难不上当吃亏的。

　　阴谋诡计胜于武功的例子，在武侠小说中颇为不少，但把它上升到理论总结的，似尚以风清扬之论为首见。风清扬是《笑傲江湖》中的前辈人物，他已归隐多年，因令狐冲被师父岳不群罚往华山玉女峰思过崖面壁思过，才偶现侠踪。令狐冲在思过崖的山洞石壁上，得见魔教十长老刻下尽破五岳剑派的图形，又看到"五岳剑派，无耻下流，比武不胜，暗算害人"等十六个石刻大字。原来当年魔教十长老确已练成了破解五岳剑派的精妙招数，却中了五岳剑派的埋伏，被引入山洞之中，囚禁起来，无法脱身。他们心怀不忿，故在石壁上刻下痛骂五岳剑派的大小文字，又刻下破解五岳剑派的法门，好让后人得知，他们并非战败，只是误中机关而已。华山派剑宗名宿风清扬有感于此，慨叹地对令狐冲说："这些魔教长老，也确都是聪明才智之士，竟将五岳剑派中的高招破得如此干净彻底。只不过他们不知道，世上最厉害的招数，不在武功之中，而是阴谋诡计，机关陷阱。倘若落入了别人巧妙安排的陷阱，凭你多高明的武功招数，那也全然用不着了……"风清扬说这番话时心情甚是苦涩，神情间含着极大的愤慨，显然想起自己误中别人圈套的旧事。当年华山派气剑两宗发生火并，风清扬刚好在江南娶亲，得讯之后赶回华山，剑宗好手已经伤亡殆尽，一败涂地。否则以他剑法之精，倘若参与斗剑，气宗无论如何也不能占到上风的。后来风清扬发觉，所谓江南娶亲，其实是一场大骗局，他那岳丈暗中受了华山气宗之托，买了个妓女来冒充小姐，将他羁绊在江南。当风清扬重回江南找那假岳丈算账时，假岳丈全家早已逃得不知去向了。风清扬觉得无面目见武林同道，从此息影江湖，一直在思过崖畔隐居忏悔，也不再见华山派的人。江湖中人还以为他因此恼怒羞愧，自刎而死呢！

风清扬虽然剑术通神，但因书中没有写他与谁相斗，因此在这方面没有给人留下多大的印象。但他对武功招数的见解却极为精彩，使人读后深印脑中，无法忘却。他提出"无招胜有招"之论，固然匪夷所思，奇绝妙绝；而"世上最厉害的招数，不在武功之中，而是阴谋诡计，机关陷阱"一语，就更是振聋发聩，具有警世讽世的作用。阴谋诡计，机关陷阱，确乎是在武功之上的。武功相近者，固然可凭阴谋诡计战胜对方；武功低劣者，也可依仗机关陷阱而击败对手。前面新旧武侠小说中的大小例子，是很能说明这个问题的。曾听某武师说，其师授拳时嘱道：如逢生死决斗，绝不能心慈手软。因死生一线之间，故须不择手段而行。只要能打倒对方，即使采用撒石灰之类的下三烂勾当亦可。决不可为了获取忠厚仁爱的美名而送掉自己的性命。这"不择手段"四字，就包含了阴谋诡计在内。

"乾坤大挪移"与
"天魔解体大法"

　　"乾坤大挪移"，是金庸《倚天屠龙记》中的一门厉害武功；"天魔解体大法"，则是梁羽生《云海玉弓缘》中的一种邪派功夫。这两项怪异武功的名称，并非金、梁二人所创，早在四十多年前，还珠楼主的《蜀山剑侠传》中便有此提法了。只是还珠楼主笔下的"乾坤大挪移"与"天魔解体大法"，均属于神异法术一流，并非武功；但落到金、梁二人笔下，经过一番改造，便成了一种极厉害的武功心法。下面试把他们三人对这二者的描写作一比较，看看它们彼此间的渊源和变化发展，倒是十分有趣的。

　　金庸笔下的"乾坤大挪移"，是明教历代相传的一门厉害武功心法，其根本道理在于先求激发自身潜力，然后牵引挪移敌劲，借力打力，以敌攻敌，收取神奇的制敌效果。《倚天屠龙记》中的张无忌学得这种武功心法后，在光明顶上与六大派高手较量时，凭借此法，把使用正两仪剑法和反两仪刀法的昆仑派、华山派四大高手，弄得团团转。四人本从不同方位向张无忌进招，谁料被他左牵右引，东挪西移之后，便变成四人之间互相厮打砍杀，出尽洋相。后来张无忌在身受重伤、虚弱无力之时，仍能凭着乾坤大挪移的妙法，躲过了宋青书的拳打脚踢，并把宋青书发出的"花开并蒂"一招四式，全部移回他本人身上，变成宋青书自己打自己面颊，自己点自己穴道。如此神功异技，真是奇妙不可思议。

还珠楼主《蜀山剑侠传》中的"乾坤大挪移"，所挪移的不是敌劲，而是地形地势、山川树木、人物房屋，是一种真正能挪移乾坤的神仙妙法。这种神仙妙法，全称为"颠倒乾坤五行挪移大法"。它可以把山头移走，可以把仙阵移入，也可以把人移离险地，送往安全的地方，端的是厉害非凡。书中写周轻云、李英琼飞赴紫云宫途中，路经玄龟殿时，与易鼎、易震发生摩擦，后来其母绿鬃仙娘韦青青出面，在打斗中暗用颠倒乾坤五行挪移大法，将殿前石台上预先设置好的大须弥正反九宫仙阵，移向对敌之处，把周、李二人困入阵内。在戴家场鱼神洞斗法时，怪叫化凌浑眼见山峰倒下伤人，便用"移山缩地"之法，把白琦等人移出里许之外。峨眉开府时，猿长老运用玄功变化，把元神遁出窍去，附在剑光之中，猛地下击正在弈棋的神驼乙休，却不料中了"移形换影"之法，剑光所击之处，只在两丈之外，丝毫也不损敌人皮毛，枉把崖石穿了一个大洞，险些连元神也穿到山腹中去。这"移山缩地""移形换影"与"颠倒乾坤五行挪移大法"名目虽然不同，但实质却是一样，都是一些能够移天换地的神仙妙法。金庸巧妙地接过了"乾坤大挪移"的名称，把它改造成一种极厉害的武功心法，写起来妙趣横生，较之原有的神仙妙法更为好看。

梁羽生在《云海玉弓缘》中，也对《蜀山剑侠传》内的"天魔解体大法"作了改造，使之成为一种极厉害的邪派功夫。《蜀山剑侠传》写炼"天魔解体大法"时，炼者须是童身，要在一个僻静的山顶上，朝着西方，炼上三十六天才能成功。在这三十六天当中，无论见到什么动静和种种妖魔扰乱，都不能动；稍一摄不住神，就会前功尽弃。这种魔法炼成后，能够发出地火水风，威力奇大，但炼者要付出一条性命。梁羽生取了"天魔解体大法"这个名称，着眼于运用魔法者要丧生这一点，创造出一种威力骤增的狠毒功夫。这种狠毒古怪的邪派功夫，是准备与敌人同归于尽时才使用的。用时咬破舌尖，口喷鲜血，猛地把全身精力都凝聚起来，作临死前雷霆万钧的一击，威力比平时骤增三倍。《云海玉弓缘》中的厉胜男，就凭此邪派功夫，把当世武林第一高手唐晓澜击败；但自己也全身精血败坏，内伤极重，不治身亡。

新派武侠小说家在旧派武侠小说的"武库"中，捡取了不少武器，也发展了不少武功。上面提到的"乾坤大挪移"和"天魔解体大法"，就是两个明显的例子。此外，如"双剑合璧""身剑合一""走火入魔""金蚕蛊毒""金刚不坏身法"等名称和描写，新旧武侠小说都是相似的。至于在古洞石壁中发现绝世武学图解，从而武功大进、称雄武林的现象，在新旧武侠小说中更是比比皆是了。

新派武侠小说与旧派武侠小说，本没有截然分开的鸿沟，有的只是继承与发展的关系，两者之间是渊源极深的。因此有关武林中人的奇缘遇合与寻仇争斗，以及五花八门的奇形武器和多彩多姿的武功招式，新派旧派的描写都没有太大的分别。但是新派武侠小说善于渲染环境气氛，精于刻画人物心理，人物个性鲜明，情节奇诡多变，却是旧派武侠小说所不及的。新派武侠小说之"新"，除了"新"在去掉旧小说的陈腐语言，用新文艺手法去构思、描写，从外国小说中汲取新颖的表现技巧之外，对旧武侠小说中的武功和招式加以改造和创新（如"雅化"武功及招式之类），大概也是"新"的一种吧！

《易经》《道德经》《南华经》

　　《易经》《道德经》《南华经》这三本经书，又名《周易》《老子》《庄子》。魏晋南北朝时盛行玄学，以《易经》为玄学之源，《道德经》为玄学之本，《南华经》为玄学之精，故合称《周易》《老子》《庄子》三书为"三玄"。玄学即道家之学。武侠小说中出类拔萃的武林高手，他们的武功出处大抵不是佛家便是道家。"少林""武当"向被奉为武林泰斗，正是推尊这释道二派。

　　《易经》与武侠小说渊源极深，其中六十四卦的方位常被用作武功步法脚踏的位置，如《天龙八部》中神妙无比的"凌波微步"步法，就是按《易经》的方位来编排的。段誉练这步法时，从"明夷"起始，经过"贲""既济""家人"等位而归于"无妄"，一共踏遍六十四卦，刚好走了一个大圈。《书剑恩仇录》中袁士霄与张召重嘴头比武时，满口"中孚""震""复""未济""小畜""贲"等名词，也都是《易经》中的卦名。《易经·系辞》中说："易有太极，是生两仪，两仪生四象，四象生八卦。"这十六个字中的"太极""两仪""八卦"等词，分别与拳、掌、刀、剑连在一起，便成了拳法、掌法、刀法、剑法的名称。"太极拳""两仪剑""八卦掌"等名，不但在武侠小说中时时见到，在现今的武术表演中也是常常见到的。武侠小说家对《易经》颇多青眼，时加引用。《萍踪侠影录》中彭和尚的《玄功要诀》说："子曰：范围天地之化而不过，岂能出于理、气、象乎？象者拳之形也，气者拳之势也，理者拳之功也。理气象备，举手投足，无不逾矩。"这开篇第一句的"范围天地之化而不过"，就出自《易经·系辞》。《系辞》传为孔子所著，故这里称"子曰"。《易经》中的词句又可用作招式名称，《射雕英雄传》中洪七公的"降龙十八掌"，招名新奇古奥，差不多全选自《易经》，如"潜龙勿用""见龙在田""或跃在渊""飞龙在天""亢龙有悔""龙战于野""履霜冰至""震惊百里""鸿渐于陆""时乘六龙""密云不雨""损则有孚""利涉大川"等招，就与旧武侠小说中常见的招式大异。看到这样的招式名称，是会产生神秘玄妙之感的。

老子《道德经》是道家的著名典籍。《射雕英雄传》中那神秘博大、使得无数武林高手拼死争夺的《九阴真经》，就与《道德经》关系极其密切。《九阴真经》乃北宋人黄裳读尽天下道书，从中悟得武学真谛之后所著，其开首第一行所写的"天之道，损有余而补不足，是故虚胜实，不足胜有余"，用的就是老子《道德经》的文意。

可以说，《道德经》是《九阴真经》的母体，是武学之源，能派生出不少上乘武功。老顽童周伯通在被囚桃花岛时所自创的七十二手"空明拳"，要旨全在"空柔"二字，用的也正是老子所说的"大成若缺，其用不弊。大盈若冲，其用不穷"之意。周伯通还引用老子"埏埴以为器，当其无，有器之用。凿户牖以为室，当其无，有室之用"这几句话作例证，以空饭碗能盛饭，空房子能住人的道理，来解释他的"空明拳"何以不把劲力使足的原因。其实这与"九阴真经"的以虚击实，以不足胜有余是同一妙旨的。源出《道德经》的"空明拳"，乃是天下之至柔，正与源出《易经》的天下之至刚的"降龙十八掌"相对。设若有朝一日周伯通与洪七公较量一番，二人功力悉敌，不知是柔克刚抑是刚胜柔？想必十分好看。可惜小说中没有写及，只好留给读者自己去驰骋想象了。

庄子《南华经》亦是武侠小说家的重要武功宝库，可以从中触发联想，创造出一套套上乘武功。如著名的"庖丁解牛"的故事，就含有高深的武学道理。庖丁宰牛时，他肩和手的伸缩，脚与膝的进退，以及刀割的声音，都无不因便施巧，合于昔乐节拍，如同跳舞一般。他宰牛之技已入化境，奏刀时"以神遇而不以目视，官知止而神欲行，依乎天理，批大却，导大窾，因其固然"，所以虽然"动刀甚微"，那头牛却是"謋然已解，如土委地"。庖丁目无全牛，游刃有余，确是神乎其技！《书剑恩仇录》中的陈家洛就据此悟出了一套世上所无的精妙拳法，并以此拳法，在余鱼同的笛声配合下，把张召重打到宝剑脱手，力竭就擒。《南华经》中以《逍遥游》一篇最为奇妙，武侠小说家拈取了"逍遥"二字，便创制出一套拳法和一个武林派别来，而功力无比神异的"北冥神功"更是参透《逍遥游》后所创的绝世奇功。《北冥神功》开宗明义写道："庄子《逍遥游》有云：'穷发之北有冥海者，天池也。有鱼焉，其广数千里，未有知其修也。'又云：'且夫水之积也不厚，则其负大舟也无力。覆杯水于坳堂之上，则芥为之舟；置杯焉则胶，水浅而舟大也。'是故本派武功，以积聚内力为第一要义。内力既厚，天下武功无小为我所用，犹之北冥，大舟小舟无不载，大鱼小鱼无不容。是故内力为本，招数为末。"又道："北冥神功系引世人之内力而为我有。北冥大水，非由自生。语云：百川汇海，大海之水以容百川而得。汪洋巨浸，端在积聚。"这两段文字，前者由水厚能负舟纳鱼，以说明积聚内力的重要；后者以百川汇海之喻，来解释"北冥神功"的要旨是吸引别人的内力而为我所有，均言之成理，令人信服。只是这门功夫，吸别人之力而为己有，则如同盗取旁人财物一般，颇不光明正大。《天龙八部》中的星宿老怪丁春秋，《笑傲江湖》中的魔教教主任我行，心狠手辣，行事邪僻，专吸对手内力，令武林中人闻风丧胆，视之为邪魔妖魅。二人所用的"化功大法"和"吸星大法"，便是与"北冥神功"同类的功夫。

《易经》《道德经》《南华经》是三部著名的经书。《易经》最古老，号称"群经之首"；老子、庄子二人的哲学思想合称"老庄哲学"。这三部典籍，是中国古代哲学的重要著作，对后世影响极大。武侠小说家别出心裁，从这些道家典籍中，捡取片言只语，经过惊人的想象和发挥，便创制出一套又一套震世骇俗的武功来。文弱书生们摇头摆脑的经书，竟成了武功秘籍的源泉，真是匪夷所思，令人拍案惊叹。但小说家们如此夸张，并非全无根据。当代气功师们的某些气硬功表演，就与武侠小说中的超凡武功近似，而《易经》《道德经》和《南华经》，正是与气功修炼有密切关系的。汉代河上丈人注释《老子》，阐发治身养生之理，认为人禀元气而生，欲治身养生，必须爱精气，保神明，守静抱一，除情去欲，使呼吸微妙，五脏不伤，而后复还性命，则久寿长生。因此《老子河上公章句》是中医养生学和气功学的重要著作之一。书中所谈吐故纳新，按摩导引之术，虽迹近神仙家，但语言朴实，与神仙家荒唐之说不同，是有一定的文献价值的。东汉魏伯阳的《周易参同契》，则是在参透《周易》的基础上，再兼容黄、老与炉火之学而成。此书为研究炼丹的权威著作，被后世尊为"万古丹经王"。所谓炼丹，有外丹、内丹两种。外丹又称"金丹"，是指用炉鼎烧炼矿石药物所得的化合物；内丹又称"还丹"，是把人体当作炉鼎，以体内的元精与元神为药物，运用元气去烹炼，使元精与元神凝聚互结，产生真种，诞生圣胎，然后经过温养及反复烹炼，结成内丹。服食外丹，大多会致病致死；修炼内丹，则能养生延年，防病愈疾，两者优劣自见。而这内丹的修炼，就是现代所说的气功。武侠小说中写修习上乘内功之调息炼气，打通经脉，正与今日之气功修炼者相同。《庄子》与气功亦有渊源关系，气功家认为，其《养生主》所说的"缘督以为经，可以保身，可以全生，可以养新，可以尽年"等语，就充分说明了沟通督脉的重要性，而《逍遥游》中的"抟扶摇而上者九万里"，则表示大小周天运行之功，而"怒而飞"，则是形容坎阳发动，大有不可遏止之势，都说得有板有眼，头头是道。

《周易》《老子》《庄子》等三大经书既然都与气功有关，武侠小说家们把它看作是武功秘籍之源，就毫不奇怪了。古代经书甚多，并不是每部经书都能和武功连得起来的。"五经"除《易经》之外，其余《诗经》《尚书》《礼记》《春秋》四经，似不见有谁把它们当作武功之源来看待。作为儒家经典的"四书"——《论语》《大学》《中庸》《孟子》，也没有发现其中含有精妙的武学真谛。因此武侠小说家们把《周易》《老子》《庄子》写成是武林秘籍之源，虽然异想天开，却并非全无根据，取舍之间，是颇有分寸的。

刀光剑影中的风雅之笔

  金庸的武侠小说，知识面广博，不徒以情节诡奇多变取胜，时时在刀光剑影与血雨腥风之间，插入风雅闲适之笔，谈医品酒、说画论棋、佛经道藏、音乐戏曲，随意挥洒、异彩纷呈，给人以美不胜收的感觉。

  据金庸的朋友称，金庸并非高阳酒徒。但他在《笑傲江湖》中对于酒的描写、介绍与品评，时有精到之见，使人觉得他对酒道知之甚多，是此中的大行家。书中的令狐冲嗜酒如命，但不识酒道，直到在洛阳小巷的竹舍中，听了绿竹翁谈琴论酒，始眼界大开，引以为平生一大快事。书中这样写道："绿竹翁酒量虽不甚高，备的酒却是上佳精品。他于酒道所知极多，于天下美酒不但深明来历，而且年份产地，一尝即辨。令狐冲听来闻所未闻，不但跟他学琴，更向他学酒，深觉酒中学问，比之剑道琴理，似乎也不遑多让。"作者在这里只是使用虚笔，概括言之，并无细述，目的是为令狐冲日后到西湖梅庄与丹青生论酒埋下伏线。当令狐冲到达梅庄时，对天下美酒的来历、气味、酿造之道、窖藏之法，已知之甚深，因此一踏入丹青生的酒室，便凭气味辨出他室中藏有三锅头、百草酒和猴儿酒三种名酿。后来又闻出密封在木桶中的吐鲁番葡萄酒，并品尝出这葡萄酒经过四蒸四酿，已收藏了一百二十年，却又似只有十二三年一般，饮起来新中有陈，陈中有新，别有一番风味。原来丹青生得这酒时，已是三蒸三酿的一百二十年老酒；十二年前，他依法再加一蒸一酿，故有此特殊味道。他本以为秘密无人得知，却不料被令狐冲一说便说中了。令狐冲还向丹青生大谈在盛夏之时饮冰镇葡萄酒的奇妙滋味，说得头头是道，真使人闻之垂涎。

如果说令狐冲的论酒已使人大开眼界的话，那么听祖千秋谈喝酒的用杯之道，就更使人为之瞠目了。他对令狐冲以寻常碗盏喝上佳美酒，大不以为然，摇头说道："你对酒具如此马虎，于饮酒之道，显是未明其中三昧。饮酒须得讲究酒具，喝什么酒，使用什么酒杯。"说罢，他以九种名酒为例，一一细加解说。摘录难免减色，索性照抄如下。祖千秋道：

"喝汾酒当用玉杯，唐人有诗云：'玉碗盛来琥珀光。'可见玉碗玉杯，能增酒色。

"这一坛关外白酒，酒味是极好的，只可惜少了一股芳冽之气。最好用犀角杯盛之而饮，那就醇美无比，须知玉杯增酒之色，犀角杯增酒之香，古人诚不我欺。

"至于饮葡萄酒嘛，当然要用夜光杯了。古人诗云：'葡萄美酒夜光杯，欲饮琵琶马上催。'要知葡萄美酒作艳红之色，我辈须眉男子饮之，未免豪气不足。葡萄美酒盛入夜光杯之后，酒色便与鲜血一般无异，饮酒有如饮血。岳武穆词云：'壮志饥餐胡虏肉，笑谈渴饮匈奴血。'岂不壮哉！

"至于这高粱美酒，乃是最古之酒。夏禹时仪狄作酒，禹饮而甘之，那便是高粱酒了。……饮这高粱酒，须用青铜酒爵，始有古意。

"至于那米酒呢，上佳米酒，其味虽美，失之于甘，略称淡薄，当用大斗饮之，方显气概。

"这百草美酒，乃采集百草，浸入美酒，故酒气清香，如行春郊，令人未饮先醉。饮这百草酒须用古藤杯。百年古藤雕而成杯，以饮百草酒则大增芳香之气。

"饮这绍兴状元红须用古瓷杯，最好是北宋瓷杯，南宋瓷杯勉强可用，但已有衰败气象，至于元瓷，则未免粗俗了。

"饮这坛梨花酒呢？那该当用翡翠杯。白乐天杭州春望诗云：'红袖织绫夸柿叶，青旗沽酒趁梨花。'你想，杭州酒家卖这梨花酒，挂的是滴翠也似的青旗。映得那梨花分外精神，饮这梨花酒，自然也当是翡翠杯了。

"饮这玉露酒，当用琉璃杯。玉露酒中有如珠细泡，盛在透明的琉璃杯中而饮，方可见其佳处。"

真是娓娓道来，如数家珍，令人不饮自醉。酒浆与酒具之间，竟有如许的大学问，不单令狐冲听了，大感茅塞顿开，读者看了，也自必击节称赏，为之心折。

除了品酒论杯之外，金庸对音乐、绘画、书法、围棋、医药、算学等都有研究，常借书中人物之口，倾吐自己的见识才情。在《笑傲江湖》中，听绿竹翁谈乐律、五音及五调，听曲洋与刘正风谈《笑傲江湖之曲》和对莫大先生胡琴曲调的评价，听向问天谈棋局，听秃笔翁论书法，都使人恍如置身艺术殿堂之中，得到极大的美的享受。人们从这些精彩的描写中，扩大了视野，领略到古琴曲《碧霄吟》的空阔和《有所思》的缠绵，欣赏到北宋名画《溪山行旅图》的笔情墨韵与雄峻气势，也认识了《烂柯谱》和《呕血谱》等围棋古局，以及张旭《率意帖》、怀素《自叙帖》和颜鲁公《裴将军诗》等唐人书法。金庸才思横溢，最善把中国的传统文化艺术与武学融为一体，创造出许多新颖别致的武功来。他笔下的"江南四友"，雅爱书画琴棋，便把这四项技艺，与武功共冶一炉。黄钟公以琴音慑敌，创制出"七弦无形剑法"；丹青生以绘画技法入于武功，创制出"泼墨披麻剑法"；秃笔翁以判官笔为武器，先后据石鼓文笔意和颜鲁公笔意，创制出"石鼓打穴笔法"和"裴将军诗笔法"；黑白子虽无创制武功，但以棋枰为兵刃，以围棋术语作招式，亦别出机杼，奇妙之极。金庸创制这些神异武功，虽是随意即兴之作，却可看出他是有极深的学养的。他嗜爱围棋，对枰中的搏杀描写，自然是十分传神，绝不会说外行话。即如书法，虽然他自称"全无功力"（见《天龙八部》后记），但品评之间，却是颇见修养的。他借秃笔翁之口评张旭《率意帖》道："你看了这《率意帖》，可以想象他当年酒酣落笔的情景。唉，当真是天马行空，不可羁勒，好字，好字！"又说："韩愈品评张旭道：'喜怒窘穷；忧悲愉佚，怨恨思慕，酣醉无聊。不平有动于心，必于草书焉发之。'此公正是我辈中人，不平有动于心，发之于草书，有如仗剑一挥，不亦快哉！"描写秃笔翁挥笔打斗时，把武功与书法融在一起，更是精彩之极。书中写道："秃笔翁大笔一起，向令狐冲左颊连点三点，正是那'裴'字的起首三笔，这三点乃是虚招，大笔高举，正要自上而下的划将下来。令狐冲长剑递出，制其机先，疾刺他右肩。秃笔翁迫不得已，横笔封挡，令狐冲长剑已然缩回。两人兵刃并未相交，所使均是虚招，但秃笔翁这路《裴将军诗》笔法第一式便只使了半招，无法使全。他大笔撞了个空，立时使出第二式。令狐冲不等他笔尖递出，长剑便已攻其必救。秃笔翁回笔封架，令狐冲长剑又已缩回，秃笔翁这第二式，仍只使了半招。……他大喝一声，笔法立变，不再如适才那么恣肆流动，而是劲贯中锋，笔致凝重，但锋芒角出，剑拔弩张，大有磊落波磔意态。令狐冲自不知他这路笔法是取意于蜀汉大将张飞所书的《八蒙山铭》，但也看出此时笔路与先前已大不相同。他不理对方使的是什么招式，总之见他判官笔一动，便攻其虚隙。秃笔翁哇哇大叫，不论如何腾挪变化，总是只使得半招，无论如何使不全一招。秃笔翁笔法又变，大书《怀素自叙帖》中的草书，纵横飘忽，流转无方，心想：'怀素的草书本已十分难以辨认，我草中加草，谅你这小子识不得我自创的狂草。'……秃笔翁这路狂草每一招仍然只能使得半招，心中郁怒越积越甚，突然大叫：'不打了，不打了！'向后纵开，提起丹青生那桶酒来，在石几上倒了一滩，大笔往酒中一蘸，便在白墙上写了起来，写的正是那首《裴将军诗》。二十三个字笔笔精神饱满，尤其那个'如'字，直犹破壁飞去。他写完之后，才松了口气，哈哈大笑，侧头欣赏壁上殷红如血的大字，说道：'好极！我生平书法，以这幅字最佳。'……秃笔翁对着那几行字摇头晃脑，自称自赞：'便是颜鲁公复生，也未必写得出。'转头向令狐冲道：'兄弟，全靠你迫得我满肚笔意，无法施展，这才突然间从指端一涌而出，成此天地间从未有的杰构。你的剑法好，我的书法好，这叫作各有所长，不分胜败。'"这段文字笔墨淋漓，极见功力，既是在写武林高手相斗，又是在写书法家挥笔作书，真是妙到毫巅，得未曾有！金庸最推崇"行云流水，任意所之"的剑法，其实他的小说笔法亦是如此。作者若非胸怀万卷，学有素养，是不能这样得心应手，随意挥洒的。

金庸虽非医生和数学家，对中国医学和算学却很有研究，他在

《射雕英雄传》中写瑛姑与黄蓉推演术数难题，在《倚天屠龙记》中写胡青牛治病用药，在《笑傲江湖》中写平一指开刀做手术，在《飞狐外传》中写程灵素用毒惩恶，都写得中规中矩，逼真动人；使人恍如亲见，信服不已。

在十五部金庸作品集中，有一个共同的特色，就是在每集卷首都附有不少精美的图片。从这些丰富多彩的图片及说明中，也可看出作者对书画琴棋、金石碑刻、钱币印玺、金玉陶瓷、文物考古诸方面识鉴极精。金庸博闻多识，才调过人，于此亦可见一斑。

问世间情是何物

"问世间，情为何物，直教生死相许？"这是《神雕侠侣》中赤练仙子李莫愁初出场时所唱的歌词。李莫愁钟情于陆展元，却未能得成婚配；但李对陆爱得极深，陆死后仍眷眷不能忘，故有"直教生死相许"之语。李莫愁由于所爱不遂，便反爱成仇，立誓要杀掉陆氏一门性命。她狂起来时，竟无端杀害了何老拳师一家二十余口男女老幼，又在沅江之上连续毁掉了六十三家招牌上带有"沅"字的货栈船行，究其因，是"何""沅"二字与陆展元之妻何沅君的名字相同之故。一个女人失恋之后，妒恨怨毒之深竟至于此，真是骇人听闻之极。当李莫愁追杀陆展元的侄女陆无双，在荒山中听到程英与杨过箫歌相和，奏唱《流云》一曲时，她不由想起自己少年时与爱侣陆展元笙笛合奏此曲的旖旎情景，但此刻已是"风月无情人暗换"，她不禁悲从中来，又唱起"问世间，情为何物"一曲，声调哀怨凄苦，使人闻之神伤。李莫愁后来在绝情谷中了情花之毒，神昏眼花，把杨过与小龙女误作陆展元夫妇，一时心情激动，花毒猛地发作，痛得无法忍耐，便欲撞剑身亡，不料撞了个空，竟跌入烈火之中烧死。在临死之前，仍听到她从火中传出"问世间，情为何物，直教生死相许"的凄厉歌声。

这首与李莫愁一生共始终的歌，是金人元好问（遗山）的名作《迈陂塘》词。《迈陂塘》，一名《买陂塘》，又名《摸鱼儿》《摸鱼子》《双蕖怨》，属唐代教坊曲。元好问此词写成于金章宗泰和五年，当时他到并州赴试，路上遇到一个打雁的说："我今早捕到一只雁，已把它打死了。另一只逃出罗网，竟悲鸣不肯去，后来撞到地上自杀了。"元好问听后很受感动，便买了这两只死雁，把它葬在汾水岸边，堆起石头作标志，称之为"雁丘"，并写成这首《迈陂塘·雁丘词》。《神雕侠侣》曾引用了词的上半阕，下半阕则略而不用。今把全词抄录于下，以供赏览：

问世间，情为何物，直教生死相许？天南地北双飞客，老翅几回寒暑。欢乐趣，离别苦，就中更有痴儿女。君应有语：渺万里层云，千山暮雪，只影向谁去？横汾路，寂寞当年箫鼓，荒烟依旧平楚。招魂楚些何嗟及，山鬼暗啼风雨。天也妒，未信与，莺儿燕子俱黄土。千秋万古，为留待骚人，狂歌痛饮，来访雁丘处。

此词咏雁之殉情，其实是借雁写人，赞颂青年男女生死不渝的坚贞爱情。词的上阕陡然以"问世间，情为何物"发问，引出写雁侣天南地北双飞，度过不知多少寒暑，在这双飞双宿之中，有欢乐之趣，有离别之苦，也有痴儿女般心心相印的深情。因此大雁在失侣之后，痛不欲生，殉情而死。"君应有语"四句，正写出大雁失侣后形单影只，不肯万里孤飞的痛苦心境。词的下阕先写自然环境的荒凉寂寞，衬托出大雁殉情的凄苦气氛，然后以招魂无济于事，山鬼枉自悲啼，表明雁死不能复生。紧接着"天也妒"三句，写雁之殉情，连上天也应生妒，其感情价值之高，是万古不朽的，断不会与莺燕一样归于黄土，它将赢得诗人们的千秋凭吊，世代传诵。

此词悲雁即是悲人，借雁之同死，为天下痴儿女一哭。《神雕侠侣》多次引用此词，正是为了突出书中的"痴儿女"们"生死相许"的至性至情。当小龙女得知自己非死不可而杨过则有药可治时，为了使杨过能安心服药，特意在跃下深谷之前，在石上刻下"十六年后，在此重会，夫妻情深，勿失信约。小龙女书嘱夫君杨郎，珍重万千，务求相聚"等字。十六年后，当杨过得知小龙女在石上刻字，是为了骗他服药时，他万念俱灰，不肯独生，连声大叫"你为什么不守信约？"然后纵身跃入深谷之中。杨过与小龙女二人，确是做到了彼此"生死相许"的。而程英、陆无双、公孙绿萼和小郭襄，也对杨过爱恋甚深，亦庶几接近"生死相许"的地步。从书中看，公孙绿萼是为酬杨过之情而不愿活下去的，郭襄随着杨过跃下深谷，则是为了劝他不要自寻短见，此后她终身不嫁，连男徒弟也不收，盖因心目中的男子只有杨过一人而已；而程英和陆无双，在明确得知与杨过只能有兄妹之情以后，便没有再爱上谁。这四位可爱的姑娘，都因深爱杨过而误却自己的终身了！

写到这里，突然想起元好问词中雁侣的影子——郭靖所饲养的一对大雕。这对大雕在联合出击之时，雄雕被金轮法王击毙，雌雕痛不欲生，双翼一振，高飞入云，盘旋数圈，悲声哀啼，猛地从空中疾冲而下，撞在山石之上，脑袋碎裂，折翼而死。正是"宁同万死碎绮翼，不思云间两分张"，情之至此，可谓极矣！这殉情的雌雕，与先后跃下深谷的小龙女和杨过，同样具有至性至情，彼此相互辉映，更突出了"生死相许"的崇高感情价值。金庸写到这里，有意识地让陆无双耳边响起师父李莫愁"问世间，情为何物"的悲凉歌声，并通过陆无双的内心所想来抒发感慨："这雌雕假若不死，此后万里层云，千山暮雪，叫它孤单只影，如何排遣？"这正是杨过在相思相候十六年之后，竟不能与小龙女相聚时所有的感情。在无比绝望之时，他只有在断肠崖前跃下深谷，以求解脱了。

倪匡先生认为，金庸的小说，每一部都在写男女之情，却没有哪一部写得像《神雕侠侣》那样错综复杂、那样淋漓尽致、那样透彻入微、那样感人肺腑、那样全面、那样深入。他并精辟地把《神雕侠侣》称作是一部"情书"。对于倪匡先生的这些评价，笔者是深为赞同的。《神雕侠侣》既然是一部"情书"，那一曲回肠荡气的"问世间，情为何物，直教生死相许"，自然就是它的"主题曲"了。书中大大小小的爱情故事，都是围绕着这一曲"主题曲"来展开的。

"辛未状元"三道试题的出处

金庸巧于利用古书材料，充实他小说的内容，举凡经史子集，以至稗官野史、历代笑话，凡能用者，都可小大由心，变化运用。如《射雕英雄传》中写黄蓉被裘千仞铁掌所伤之后，与郭靖同去求请一灯大师医治，途中须过"渔、樵、耕、读"四关，其中第四关书生（即"辛未状元"）所出的三道考难黄蓉的试题，就来自明人冯梦龙的《古今笑》（《古今笑》又名《古今谈概》《古今笑史》）。在《古今笑》的《谈资部第二十九》中，有下列三段趣事：

· 一、辛未状元谜

辛未会试，江阴袁舜臣作谜诗于灯上云："六经蕴籍胸中久，一剑十年磨在手。杏花头上一枝横，恐泄天机莫露口。一点累累大如斗，掩却半床何所有？完名直待挂冠归，本来面目君知否？"唯苏州刘珹一见能识之，乃"辛未状元"四字。

·　二、仙对

江西有提学出对云："风摆棕榈，千手佛摇折叠扇。"诸生不能应，乃相与祈鸾仙。降书自称李太白，对云："霜凋荷叶，独脚鬼戴逍遥巾。"

·　三、唐状元对

唐皋以翰林使朝鲜。其主出对曰："琴瑟琵琶，八大王一般头面。"皋即应对曰："魑魅魍魉，四小鬼各自肚肠。"主大骇服。

以上抄录的一首谜诗和两副妙对，本来是零碎分散的，读来虽可一笑，但比较单调；经过金庸的妙手组织后，成了三道考题，便十分有意思了。特别是两副妙联，由绝顶聪明的黄蓉对下联，先后把书生和"渔樵耕读"大大地取笑了一番，真是好看得很。

在书生出三道难题之前，黄蓉曾据《论语》"暮春者，春服既成，冠者五六人，童子六七人，浴乎沂，风乎舞雩，咏而归"这段话，牵强附会地得出孔门七十二贤人中，成年的是三十人，少年是四十二人；虽然是胡解经书，却显出她异常聪颖，机敏过人。在解答了书生的三道难题之后，她又因书生取笑她伏在郭靖背上，有违孟子"男女授受不亲"的礼教，便哼出一首诗来反刺孟子胡说八道。诗曰："乞丐何曾有二妻？邻家焉得许多鸡？当时尚有周天子，何事纷纷说魏齐？"原来孟子曾讲过两个故事：一个故事说齐人有一妻一妾而去乞讨残羹冷饭；另一个故事说有一个人每天要偷邻家一只鸡。诗中的前两句便说这两个故事是骗人的。末二句则说，孟子活动在战国之时，当时周天子尚在，孟子何以不去辅佐王室，却去向梁惠王、齐宣王求官做呢？这是大违圣贤之道的。齐人与攘鸡这两个故事，原是比喻，不值得深究；但最后这两句诗的指责，只怕起孟夫子于地下，亦难以自辩。黄蓉胡解经书与讥刺孟子这两段趣事，也非金庸所创，同样可在《古今笑》中的《巧言部第二十八》和《文戏部第二十七》找到，只是看起来没有金庸所写得那么有趣罢了。类似这样的"古为我用"的例子，在《射雕英雄传》一书中是不少的，如洪七公的"降龙十八掌"的招式名称"亢龙有悔""飞龙在天"等，就出自《易经》；洪七公教给黄蓉的"逍遥游"拳法，其名就出自《庄子》；瑛姑与黄蓉在黑沼茅屋中演算的一大堆数学题，就来自古代的算经；裘千仞在华山被几大高手围困，脱身不得，忽然被一灯大师点化，改恶从善，用的正是佛家"放下屠刀，立地成佛"的说法。如此等等。

金庸这位新派武侠小说大家，对诸子百家、佛经道藏和诗词曲赋，都有研究，因此他笔下时时变化使用这些文化瑰宝，写来得心应手，文采斐然。他的武侠小说之所以使人百看不厌，回味无穷，除了故事情节奇诡曲折，人物性格鲜明奇特，具有很强的吸引力之外，书中经常闪耀这些文化瑰宝的光辉，也是引人入胜的原因之一。

末了顺带一说，上抄《古今笑·仙对》中之"祈鸾仙"，乃指扶乩之事。所谓扶乩，乃是方术的一种。据说扶乩时用一个丁字形的木架，悬一个锥子在其直端，状如踏碓之舂杵，名为乩笔。下面承以沙盘。由两人扶着横木的两端，依术请神降临。神至则锥自动划沙成字，内容有告人吉凶祸福，有与人诗词唱和，或为人开药方治病，等等。事情一结束，神就离去，锥亦不动。扶乩，又名扶箕、扶鸾。主持其事者称为鸾手、鸾生，所降之神则名为鸾仙，盖取其乘风驾鸾而来之意。扶乩之事，古书所载甚多，大约起始于唐代而盛行于明、清两朝。信者言之凿凿，认为神妙无方，灵验之极；疑者则目为妖邪，斥其迷信荒诞。近读包天笑先生《钏影楼回忆录》，内有《扶乩之术》一节，谈及他表叔吴砚农懂医理，好扶乩。他曾问吴砚农，扶乩之事，到底真假如何？吴砚农答可以说真，可以说假。吴砚农说："譬如在乩坛上求仙方，假使教一个一点儿没有医学知识的人去扶乩，那就一样药也开不出来。若是有医学知识的人去扶乩，自然而然心领神会，开出一张好的方子来，使病家一吃就愈。

再说假使一个向不识字的人去扶乩，沙盘里也写不出字来。但我们踏上乩坛，预先也并没有什么腹稿，并没有诌成一首诗，那只手扶上乩笔后，自然洋洒成文，忽然来一首诗，有时还有神妙的句子写出来。所以我敢认定一句成语：'若有神助。'这便是我说的可真可假。"吴砚农之说，似与催眠感应有关，说来有一定道理，但亦玄妙之极。到底真相如何，就非笔者所知了。或许主其事者身上果真有某种特异功能吧？

金庸《三十三剑客图》
图解补缺

　　金庸在《侠客行》一书后，附有清代著名人物画家任熊（字渭长）所绘的《三十三剑客图》，此图共三十三幅，均据《剑侠传》中的故事绘制而成。《剑侠传》共二卷，收文三十三篇，俱采自唐宋时传奇小说，多属脍炙人口之作。《四库全书总目》把它列入子部小说家类存目，云："旧本题为唐人撰，不著名氏，载明吴琯《古今逸史》中，皆纪唐代剑侠之事，与《太平广记》一百九十六卷所载豪侠四卷文尽相同。"近人余嘉锡则在《四库提要辩证》中，辩为明人王世贞所编。任渭长此图线条高古，大有陈老莲笔意，与其所绘之《高士图》及《先贤图》并传于世。

　　金庸据《三十三剑客图》，匠心巧运，依画成文，饶有趣致。这三十三篇经文，有对图中人物故事的衍述，也有或长或短的考订和评说。除《虬髯客》《聂隐娘》《红线》《昆仑奴》四篇是原文照录，以保其神韵者外，其余各篇都做了白话译写。《剑侠传》与《三十三剑客图》的篇目顺序完全相同，但篇名却有差异。两相对照，一看自明，不必多说。但其中有四篇，这里要特别谈谈。因为金庸《三十三剑客图》中的各篇文章，是他据图中之意翻查唐、宋笔记杂录之后写成，可能他手上没有《剑侠传》此书，因此图二十一《寺行者》和图二十二《李胜》之出处，未能查到，故事内容只得付阙；而图二十三《张忠定》和图三十三《角巾道人》的故事，则与原文不符。现把这四篇故事介绍于下，以补金文之缺。

《寺行者》在《剑侠传》中题为《韦洵美》，出自宋人无名氏之《灯下闲谈》。内写韦洵美在五代后梁开平年间，应试高中，被任为邺都从事。邺王罗绍威闻说他的宠姬素娥才貌双全，便派人送了二百匹绢和一些牲畜给他，表示要索取素娥。韦洵美没有办法，只得将素娥打扮一番，献给罗绍威。事后，韦洵美恨恼之极，无意在邺都就任，连夜渡河离去。他住宿在一所僧寺中，整夜长吁短叹地说："唉，有谁能为我报此不平呢！"寺内有一个行者（做杂役的僧人），听了推门入问："先生有何不平之事？"韦便把实情相告。行者听罢，倏然而去。至三更天，忽然有一个大皮袋掷入韦洵美房中，韦打开一看，原来就是素娥。到了天明，韦欲向行者道谢，便问寺中僧人。寺僧说，这行者在寺中敲钟已有三十年了，现已不知去向。韦洵美只好与素娥立即逃往别处。这个寺中行者，武功高强却深藏不露，三十年来寺中人只知他是个打钟的杂役僧，从不知他有此惊人本事。金庸《天龙八部》中那个身怀绝世武功，却在少林寺内操执杂役的青袍老僧，就正像这个寺中行者一样。

《李胜》出自宋人吴淑之《江淮异人录》。内写一书生李胜，曾到洪州（今江西省南昌市）西山游玩，与处士卢齐等五六人在雪夜共饮。座中有一人偶然说了句："雪这么大，真是无法出门了。"李胜问："你要到什么地方？我能够出门。"那人说："我有几册书在星子镇，你能为我取来吗？"李胜说道可以，便即出门而去。不久，李胜便携书而返，座中众人尚饮酒未散。星子镇与洪州西山相距一百五十多千米，不知李胜有何神技，能往返如此之快？李胜曾在一所道观中，受到一个道士的不礼待遇。李胜觉得此人可恶，虽不能无故杀他，也要吓吓他，以示惩罚。一日，道士在房中睡觉，李胜命一个童子叩门，说是李先生要取回他的匕首。道士起床一看，见枕边插着一把匕首，尚在颤动不已。道士知是李胜所为，从此便不敢怠慢李胜了。任渭长在这幅剑客图中题云："杀亦不武，矧使知惧。"便道出李胜吓唬道士的内心世界。李胜在片刻之间能往返三百里，轻功高绝，可谓神行。他对得罪他的道士只施以恐吓惩罚，并不滥开杀戒，是颇有分寸的。

《张忠定》在《剑侠传》中题为《乖崖剑术》，出自宋人何薳之《春渚纪闻》。张忠定即张咏，自号乖崖，是北宋时名臣，为官很有政绩，死后谥忠定。《乖崖剑术》一文说，祝舜俞察院的伯祖祝隐居，与张乖崖居处相近，二人交游甚密。张乖崖诗集中的头两首诗就是《寄祝隐居》。祝隐居东墙有棵枣树，生得高大挺直。一日，张乖崖忽然指着枣树对祝隐居说："这棵枣树送给我吧，舍不舍得？"祝隐居表示可以。张乖崖慢慢把右手伸进左袖中，突然平眉飞出一把短剑，把枣树断为两截。祝隐居看了十分惊愕，问张从何处学得此技。张说自己的剑术是从陈抟老祖那里学来，从未向人说过。又有一日，张乖崖自濮水归家，在路上遇见一个书生，意态轻扬，乘驴直前。张见了心中生怒。未走及百步，书生避道一旁。张便向书生作揖，问他姓甚名谁，原来是诗人王元之（禹偁）。张又问他避道的原因，王说："我见先生昂然飞步，神韵轻举，知道必非寻常人等，所以对你表示尊敬。"张亦说："我初时见你意态轻扬，心中生忿，想对你不客气。现在没事了，你随我一同回村，开怀畅饮吧！"于是二人握手同行，抵家后，通宵交谈，竟成了好朋友。文中张乖崖之剑术果真高明，性格却甚为乖僻，看见人家"意甚轻扬"，便"忿起于中"，要对人家"不利"。虽然这"不利"之意未明，但狠狠地惩罚一番是不可免的了。张乖崖此人脾气古怪，轶事甚多，金庸在图解中已作了广征博引，这里便从略了。

《角巾道人》在《剑侠传》中题为《郭伦观灯》，出自宋人洪迈之《夷坚志补》。内记京城有一个名叫郭伦的人，在元夕之夜携眷观灯，归家稍晚，经过一条僻陋的小巷时，碰上十多个恶少年，哼着歌迎面走来。这班人彼此拉扯喧闹，旁若无人，见了郭伦妻子貌美，便嬉笑地左观右看，上前调戏。郭伦估计自己无力阻止这班歹徒作恶，又焦急，又难堪。正在十分为难之时，一个身穿青衣、头戴角巾的道人突然来到，上前阻斥道："人家家眷夜归，你们不得无礼。"众恶少怒道："我们玩我们的，干你什么事！"于是转向道士起哄围攻。妇女们趁机离去，只有郭伦留下。道人见众恶少不听劝阻，大怒道："果真要胡作非为吗？我今天来教训教训你们这班家伙！"说罢挥臂向前，与众恶少相斗。道士如同摆弄婴儿一样，不费半点气力。斗了一会，众恶少均倒地哀叫，抱头鼠窜而去。道士随后缓步离开，郭伦急忙追上，下拜道谢："我与先生素昧平生，忽蒙援手相救，妻子得脱危难。先生真是异人啊！不知怎样报答先生大恩？"道士说："我本是无心做这件事的，只是路见不平，仗义出手罢了。我对世事已了无所求，哪里会望你报答？但能一醉便够了！"郭伦听了十分高兴，便邀请道人到自己家中。道士痛饮一番后便告辞。郭伦问他打算到什么地方去？道士说："我是剑侠，不是世上的凡人。"说罢掷杯长揖而去。只见道士出门才数步，耳中便跃下一把宝剑，道士踏上宝剑，便腾空离去。这个角巾道人路见诸少年作恶，便出手阻拦，并加惩罚，不失为侠义之举。但结尾写他耳中出剑，并驾剑腾空而去，就属于神怪一流。末尾这一笔属于败笔，把人间的豪侠化为天上的剑仙，其可信程度便大为减弱了！

此外，《秀州刺客》一篇，《剑侠传》是取自宋人罗大经的《鹤林玉露》，而金庸在图解中的引文，则取自《宋史·张浚传》。两文内容相同，但正史叙事较平实，不及笔记体的文字生动活泼。今把《鹤林玉露》中《秀州刺客》一文抄录于后，以供比较。其中括号内数句，原文本有，《剑侠传》则略而不用。

《鹤林玉露》之《秀州刺客》：

苗、刘之乱，张魏公在秀州，议举勤王之师。一夕独坐，从者皆寝。忽一人持刀立烛后。公知为刺客，徐问曰："岂非苗傅、刘正彦遣汝来杀我乎？"曰："然。"公曰："若是，则取吾首以去可也。"曰："我亦知书，岂肯为贼用？况公忠义如此，何忍害公，恐防闲不严，有继至者，故来相告耳。"公问："欲金帛乎？"笑曰："杀公何患无财？""然则留事我乎？"曰："有老母在河北，未可留也。"问其姓名，俯而不答，摄衣跃而登屋，屋瓦无声。时方月明，去如飞。（明日，公命取死囚斩之，曰："夜来获奸细。"公后尝于河北物色之，不可得。此又贤于钼麑矣！孰谓世间无奇男子乎？殆是唐剑客之流也。）

按：钼麑，乃春秋时晋国力士。晋灵公派他行刺赵盾，他不忍下手，触庭槐自杀。

口上谈兵的武林高手

古代有"纸上谈兵"的故事，故事中的出名丑角名叫赵括。据《史记·廉颇蔺相如列传》所载：战国时赵国名将之子赵括，从小喜读兵法，善于谈兵，连父亲也难不倒他。后来赵括替代廉颇为赵将，作战时只识得死据兵书，全不懂通变之理，结果在长平之战中，为秦将白起所败。赵括本人被射死，赵军四十万人也被俘坑死。后世途据此故事，称不切实际夸夸其谈为"纸上谈兵"。

历史上的"纸上谈兵"是可悲的，武侠小说中的"口上谈兵"却十分有趣。

《书剑恩仇录》中写火手判官张召重在西北嘉峪关外遇到天池怪侠袁士霄时，就有一段"口上谈兵"的描写。此时袁士霄正驱赶骆驼牛羊去寻找狼群，以便把狼群引入陷阱聚歼。途中遇着刚脱离狼群之厄的张召重等人。袁士霄叫他们同去捉狼，张召重不识袁士霄，不肯同行，说道："在下想请教袁大侠的高姓大名，倘若确是前辈高人，自当遵命。"袁士霄道："哈哈，你考较起老儿来啦！老儿生平只考较别人，从不受人考较。"于是，便引出下面一段"口上谈兵"的有趣文字：

　　袁士霄道："我问你，刚才你使'烘云托月'，后变'雪拥蓝关'，要是我左面给你一招'下山斩虎'，右面点你'神庭穴'，右脚同时踢你膝弯之下三寸，你怎生应付？"张召重一呆，答道："我下盘'盘弓射雕'，双手以擒拿手法反扣你脉门。"袁士霄道："守中带攻，那也是武当派的高手了。"

　　……袁士霄又道："右进'明夷'，拿'期门'。"张召重道："退'中孚'，以凤眼手化开。"袁士霄道："进'既济'，点'环跳'，又以左掌印'曲垣'。"张召重神色紧迫，顿了片刻，道："退'震'位，又退'复'位，再退'未济'。"

　　只听两人越说越快，袁士霄笑吟吟的神色自若，张召重额头不断渗汗，有时一招想了好一阵才勉强化开。……两人口上又拆了数招，张召重道："旁进'小畜'，虚守中盘。"袁士霄摇手道："这招不好，你输啦！"张召重道："请教。"袁士霄道："我窜进'贲'位，足踢'阴市'，又点'神封'，你解救不了。"张召重道："话是不错，但你既在'贲'位，只怕手肘撞不到我的'神封穴'。"袁士霄道："不用手肘！你不信，就试试！小心了。"右腿飞起，向他膝上三寸处"阴市穴"踢到，张召重反身跃开，叫道："你如何伤我……"语声未毕，袁士霄右手一伸，已点中他胸口"神封穴"。

　　这真是精彩绝伦的"口上搏斗"，真是见所未见，闻所未闻。文中的"明夷""中孚""既济""震""复""未济""小畜""贲"等，是《易经》中的卦名，用以表示脚踏的方位；而"期门""环跳""曲垣""阴市""神封"等等，则是人身的穴位。由于袁、张二人在嘴头比武时，卦位与穴位交错出现，词句古怪难懂，也就难怪旁边观"战"的关东二魔，以为他们是在说黑话了。

　　无独有偶，《神雕侠侣》中也有一段嘴头比武的描写。那是北丐洪七公与西毒欧阳锋在华山绝顶巧遇，经过比拼内力之后，精力垂尽，气息奄奄，不能再斗。但二人好胜之心未已，便轮番口授棒法、杖法给杨过，让他依次演给对方拆解。洪七公"打狗棒法"中最厉害的一招"天下无狗"，最终也让欧阳锋翻来覆去折腾了一夜之后，想出一着绝招破解了。当杨过依式演给洪七公看时，洪七公也大为叹服。这场由北丐西毒动口，杨过动手的"比武"，颇为新颖有趣，当真是招数新奇，使人眼界大开。

　　如果说袁士霄、张召重、洪七公、欧阳锋等人，虽然"口上谈兵"，却是货真价实的武林高手的话，那么《天龙八部》中的王语嫣，就是只能动口、不能动手的"口头武术家"了。王语嫣由于钟情她的表哥慕容复，想和他时时见面谈心，因而读尽天下武学典籍，牢牢记在心中。举凡各家各派的武功特点和招式变化，各派师承源流和帮派间结仇经过，以及各种招式的破解，各派独门兵刃和暗器的辨识，各家武功的长处和不足，等等，都了如指掌，识辨极精，俨然一代武学大家。她在曼陀山庄听到阿朱说慕容复练丐帮的"打狗棒法"，"使得很快，从头至尾便如行云流水一般"，她听后轻呼"不好"，说道："打狗棒法的心法我虽然不知，但从棒法中看来，有几路是越慢越好，有几路却要忽快忽慢，快中有慢，慢中有快，那是确然无疑的，他……他一味求快，跟丐帮中高手动上了手，只怕……只怕……"意思是说，慕容复倘若在棒法上一味求快，不合它的心法，遇上丐帮的高手，只怕要落败。但王语嫣一向敬重表哥，故不忍把"败"字说出。后来在无锡城中，王语嫣亲眼看到丐帮帮主乔峰举手之间便击倒风波恶和包不同二人，心里便觉得江湖上虽然"北乔峰，南慕容"齐名并称，但论起武功之高，慕容复是不及乔峰的。后来的事实证明，王语嫣的推断是极为精确的。当慕容复在少林寺外初次见到乔峰并与之相斗时，慕容复便败于乔峰的掌下。

王语嫣是一个不懂得抡刀使棒的武学奇才。她既无内力，又无武功，但武学典籍上的奇功绝技，却知之甚详，并且烂熟于胸。当她观看别人打斗时，一眼即能看出是何家何派，并能指点别人如何出手，令打斗双方惊愕不已。她离开曼陀山庄，去到阿朱所住的听香水榭时，就显露出这种惊人的本事。当时听香水榭正聚集着两伙前来寻仇的强悍汉子，一伙是秦家寨的，一伙是青城派的。王语嫣从容谈武，语惊四座。她指出秦家寨的五虎断门刀共有六十四招，后人忘了五招，只有五十九招传下来，并指出缺了的五招是"白虎跳涧""一啸生风""剪扑自如""雄霸群山""伏象胜狮"，令秦家寨的寨主姚伯当大吃一惊。青城派掌门司马林亮出两柄奇形兵刃时，她一眼便认出这是青城派的独门兵刃"雷公轰"，并指出该派的"青"字九打、"城"字十八破的提法不够妥当。她对司马林说："我以为'青'字称作十打较妥，铁菩提和铁莲子外形虽似，用法大大不同，可不能混为一谈。至于'城'字的十八破，那'破甲''破盾''破牌'三种招数无甚特异之处，似乎故意拿来凑成十八之数，其实可以取消或者合并，称为十五破或十六破，反而更为精要。"此语一出，当即令司马林目瞪口呆，因为他的"青"字只学会七打，铁莲子和铁菩提的分别却全然不知；至于破甲、破盾、破牌三种功夫，原是他毕生最得意的武学，向来是青城派的镇山绝技，不料王语嫣却说尽可以取消，使他既惊且恼，恨恨不已。王语嫣还从发暗器的手法上，指出司马林的师弟诸保昆所用的暗器不是青城派的"青蜂钉"，而是蓬莱派的"天王补心针"；并且熟知青城、蓬莱两派世代为仇的经过。当司马林等人要诛杀这个混入青城派的诸保昆时，王语嫣又指点诸保昆先后使用蓬莱、青城两派的武功，躲过了这场劫难。

王语嫣多次在武林高手面前，侃侃而谈，指点评论，显示出她有极深的武学造诣；但她弱不禁风，娇姿婀娜，全无武功，是一个罕见的奇特人物。这个人物典型很有特色，在别的武侠小说中似乎尚未见过。金庸善于塑造与众不同的人物形象，这个天生丽质的娇滴滴的王语嫣，为武侠小说提供了一个崭新的典型——她虽然没有武功，却是一个武学奇才；她对武学的博闻卓识，给人留下极深的印象。她是另一类"武林怪杰"——口上谈兵的武林高手，在武侠小说中是有她特殊的地位的。

目不识丁的武林高手

　　金庸在武侠小说的写作上，时有新奇的招数。他在《天龙八部》中，塑造了一个全然不懂耍刀弄棒的武学高手王语嫣，又在《侠客行》中，塑造出一个目不识丁的武林高手石破天。这两个高手，一个全无武功，一个全不识字，是两个奇特的典型。

　　石破天身世奇特，遭遇亦奇，至《侠客行》一书结束，他仍不知自己的真名实姓。他自小被父母的仇家夺去。这个仇家恼恨他父亲钟爱另一个女子而不钟情自己，故恨恨地把他叫作"狗杂种"。"狗杂种"固然不是他的真名，"石破天"也只是别人给他硬加的名字。从书中玄素庄石清、闵柔夫妇称他们丢失的儿子为"坚儿"看，这个与石中玉形貌相似的"狗杂种"石破天，真实姓名当为"石中坚"。但"石中坚"此名，书中一直没有使用过，这里就只好使用冒牌的名字石破天了。

　　石破天得到大悲老人所送的绘有人身经脉图的十二个小泥人

后，摩天居士谢烟客居心险恶，故意颠倒顺序教他练这些泥人身上的内息运行之法，意欲让他在练功时自行送命。谁料诸般巧合，竟让他练成了世上少见的"罗汉伏魔神功"。但他此时只是内力雄劲充沛，武艺却是平常，直到在侠客岛上参透了武功秘籍《侠客行》诗意图谱之后，才练成绝世神功，成为当世武林第一高手。

龙、木二岛主在四十年前发现侠客岛上的古诗武学图谱之后，共同研习，歧见甚多。后来二人各自研练，半年后，彼此动手拆解，但只拆得数招，便同时发现大家都练错了。二人便去找少林寺妙谛大师和武当山愚茶道长一同索解，依然歧见甚多，相同甚少，无法得其真谛。为了通解全图，龙、木二岛主遍邀当世名门大派的掌门人、各教教主、各帮帮主，同到岛上，一起参研。但三十年过去，这无数武林高手穷思苦想，依旧无法破解这份古诗武学图谱。直到石破天出现，才解开了这个武学之谜。

无数有见识、有学问的武林首领，穷数十年之功，相互切磋、揣摩所无法解开的古诗武学图谱，却由一个目不识丁的憨小子莫名其妙地破解了，这是颇为有趣的。作者塑造出这个奇特的人物，很有新意和深意。

这份古诗武学图谱，乃是一位前辈高人，借用了李白的《侠客行》诗意而创制出来的。李白《侠客行》共有二十四句，分别刻在二十四个石室内。每室刻一句诗一幅图，诗后并附有注解。这些注解详尽渊博，连向称完备的王琦注本也大为不及。但正因为注解繁多，就极容易将人引入歧途。拘泥于李白诗意者，固然无法领会这些图谱；死抱着注解不放的，更容易钻入牛角尖。但在侠客岛上参详这份武学图谱的人，却有谁会舍去这些注解不理呢？只有目不识丁的石破天，才会视而不见地只看到壁上的图形，全然不受诗句和注解的影响。石破天在注目图形的同时，当然也会看看图旁的文字，由于他不识字，因此便不会在词义、句义上打转，不会走入迷途。他只看到字的笔画有长有短，像是一把把长长短短的剑，有的剑尖朝上，有的向下，有的斜起欲飞，有的横掠欲坠。这些"剑形"均与穴道相应，与内力的修习有关。幸而他全不识字才会发现这些"剑形"，假如他读过几个月书，这些"剑形"就会还原为字形的横直撇捺了。最奇的是他连最后一个石室所刻的蝌蚪文《太玄经》也参透了。他自然不懂得扬雄的《太玄经》，更不识得那些古奥的蝌蚪文，他是把《太玄经》上的蝌蚪文字，看作是一条条跳动的小蝌蚪的。这些小蝌蚪成千上万，均与人体的经脉穴道相关。石破天偶然看去，便觉得不同的蝌蚪会使得不同的穴道跳动，碰巧体内两处穴道的内息连在一起，便感到浑身舒畅。他觉得这些小蝌蚪还未变成青蛙便大跳特跳，十分奇怪，不禁童心大发，一条条蝌蚪的瞧去，遇到身上穴道猛烈跳动的，便觉得好玩。如是者过了不知多少时日，终于在有一天，突然之间，他猛觉得内息汹涌澎湃，顷刻间冲破了几个窒滞之处，竟如一条大川般急速流动起来，自丹田而至头顶，自头顶又至丹田，越流越快，把全身数百处的穴道都打通了。他只觉得四肢百骸之中都是无可发泄的气力，便不由自主地把在前二十三个石室中所学到的武功，一气呵成地使了出来，此时剑法、掌法、内功、轻功，尽皆融为一体，早已分不出是掌是剑。他随手挥舞，皆能随心所欲，既不必存想内息，亦不须记忆招数，石壁上的千百种招式，自然而然地从心中传向手足。他此时已成了当世武林的第一高手，连武功绝高的龙、木二岛主与之对掌，合二人之力，仍敌不过他新悟的盖世神功。

目不识丁的石破天成了当世武林第一高手，是不足为怪的，因为武功深浅与文化高低并不构成正比。饱学之士不见得就能成为武林高手。武学毕竟是与文学不同的。《侠客行》一书中的古诗武学图谱，不由反复钻研诗句注释的人所破解，却由只字不识的人所参透，是颇有意思的。岛上诸人，由于醉心武学，千方百计想从注释中发现微妙之处，结果越钻越深，走入歧路，应了"求深反误"这句老话。石破天于文字毫无所知，只着眼于图形而进行领会，却别有所得。他把字的笔画看作是一把把小剑和一条条蝌蚪，依然是从图形上去理解的。正由于石破天使用了这个异乎寻常的"钻研"方式，才使他收到这样奇特的效果。也许创制这套武学图谱的武林前辈，不喜欢咬文嚼字的读书人，故意布下圈套，好让不识字的忠厚老实的人得益吧！石破天以学龄前儿童看图识字的方式，破解了《侠客行》武学图谱，在无稽有趣之中，是颇含道理的。唐代不识字的慧能大师，他所作的"菩提本无树"的偈语，不就胜过了饱学的神秀禅师吗？可见，卑贱者是并不愚蠢的。慧能大师有道："佛性之理，非关文字；能（指慧能）解，今不识文字何怪？"（见《曹溪大师别传》）或许目不识丁的石破天能参透《侠客行》中的武学之理，正是慧能大师这种禅机妙悟的折射反光吧？

武林高手与生理缺陷及其他

　　武侠小说家为了创造奇特的人物，喜欢选取一些有生理缺陷的人，赋予他们非凡的武功，成为远胜于正常人的武林高手。这些人有麻子癞子，有秃顶驼背，有断手跛足，有失明聋哑，甚至还有智力障碍的人。在金庸、梁羽生、古龙的小说中，常见这类人物。如华山论剑五大高手之一的洪七公，只有九只手指，号称九指神丐；剑术通灵的红花会二当家无尘道长却只有一只手臂，另有一位独臂神尼——传说是被崇祯皇帝砍掉一只手的皇家公主，武功更高得不可思议；驼背而武功不弱的有章进、木高峰等人，《蜀山剑侠传》中的神驼乙休，更是神通广大，法力无边；智能极低而武功极高的有桃谷六仙兄弟；有眼疾的高手有柯镇恶、梅超风、谢逊、花满楼、原随云；跛足高手则有萨天刺、萨天都兄弟，二人一跛左足，一跛右足，却身手矫健，步履如飞。在这些人中，最使人惊愕的要算是西毒欧阳锋了。此人武功本已极高，因逆练九阴真经，弄到精神失常，成了疯子，武功却越发厉害，洪七公、黄药师合二人之力，仍不是他的对手。另一个使人惊愕的人物是"四大名捕"之首的无情，书中说，此人腹下空空，两腿全失，既无内力，又无武功，却轻功神妙，暗器天下第一。不知这轻功和暗器他是怎么练出来的？瞎子听觉特佳，善于听风辨向；疯子发起狂来，力气超乎寻常，这些都是可信的。但如果说因为有了这些生理缺陷，才导致他们的武功如此高强，那就是骗人的了。

有生理缺陷而又武功奇高的现象是颇为反常的。跛了脚走路就不便，总不如常人跑得快；瞎了眼虽然听觉特灵，总不及耳聪目明的人清楚周围的情势。有生理缺陷的人反胜过生理健全之士，是不可思议的。即使是生理健全者，也会受到年龄的限制。超越了年龄限制而随心所欲地臆造白发老人武功神异，虽则够刺激，却是不真实的。一位医生兼武术家的朋友说得好："武术家的战斗力，技术当然是重要的因素，老练的技术家，虽四五十岁了，体力开始衰退，仍能轻而易举地战胜年轻力壮而经验不足的敌手。然而如小说所说满头白发的百岁拳师，竟能随便降服青壮年拳击家，那就不符合事实，因为人类的体能到二十五岁就达到顶峰，能保持到三十岁已不容易，三十五岁后体力逐年下降，四十五岁后关节和脊椎开始老化——骨质疏松，不能耐久、灵活如青年了，五十五岁以后内脏老化已明显（主要是心肺功能下降），短暂的战斗，尚可靠技术优势而取胜，即是说，几秒钟内能胜则可，不胜则难以持久，终将失败。所以武侠小说描写的老僧、老道、老尼、老侠（六十岁以上）的惊人武功肯定不会真，现在体坛上很多竞技项目，如拳击、武技擂台赛、柔道等，年纪超过三十五而能不败者极少极少，可以为证。"

人越老功夫越高的情况，固然违反人体生理结构，那在房檐、树顶上高来高去的神妙轻功，也是夸张得离了谱的。特别是电影电视中用特技拍摄的轻功，恍似御风飞行一般，就更是荒诞无稽了。

十八般武器及其延伸

　　旧小说中常见写某人十八般武艺件件皆能。所谓"十八般武艺"，乃指耍弄十八般武器的武术技艺而言。这十八般武器的名目，各家说法不一。"十八般武艺"一语，最早见于宋人话本小说《史弘肇龙虎君臣会》，但只是笼统言之，并无实指。《水浒传》中所列的十八般武艺名目，大概属最早见到的了。该书第二回写九纹龙史进精通十八般武艺时，便具体列出矛、锤、弓、弩、铳、鞭、锏、剑、链、挝、斧、钺、戈、戟、牌、棒、枪、扒等十八种武器，稍后的明人谢肇淛，在其《五杂俎·人部》中说："正统己巳之变，招募天下勇士。山西李通者，行教京师，试其技艺，十八般皆能，无人可与为敌，遂应首选。然通后卒不以勋业显，何也？十八般：一弓，二弩，三枪，四刀，五剑，六矛，七盾，八斧，九钺，十戟，十一鞭，十二锏，十三挝，十四殳，十五叉，十六爬头，十七绵绳套索，十八白打。"所列十八般武艺，与《水浒传》中所载各有异同。唯"白打"

一项，属徒手搏击，与武器无涉。和谢肇淛同时代的朱国祯，其《涌幢小品·兵器》中所载的十八般武艺，从名目到顺序，均与谢氏相同。清人褚人获《坚瓠集·十八般武艺》所引的《马氏日钞》，亦记李通事，所列的十八般武艺，亦与谢肇淛同。旧版《辞海》在解释"十八般武艺"时，收有两种说法。一说取自《坚瓠集》，另一说则谓相传为战国时孙膑、吴起所遗传，分九长九短两类：九长为枪、戟、棍、钺、叉、镋、钩、槊、环；九短为刀、剑、拐、斧、鞭、锏、锤、棒、杵。此说不知出自何书。新版《辞海》亦收两说，一说亦与《坚瓠集》所载同，另一说则为刀、枪、剑、戟、棍、棒、槊、镋、斧、钺、铲、钯、鞭、锏、锤、叉、戈、矛等十八般。此说亦不知何据。以上数说，十八般武器的名目相差颇大，其共同者仅有剑、枪、斧、钺、鞭、锏数种而已。刀本来是最常见的武器，但《水浒传》没有把它列入"十八般"之中，不知何故？总之，十八般武艺已成了一个总称和泛称。由于各家说法不一，它的名目已无法确定哪一个才是最为标准的了。

《水浒传》《三侠五义》和《儿女英雄传》等古代侠义小说，武器比较单调，品种变化不多，大都离不开以上的十八般武器。民国以来，武侠小说盛行，侠客们手上的武器便变得多彩多姿。到了二十世纪五十年代，由于新武侠小说的出现，武器更进入了一个新的阶段。此时，旧有的十八般武器已远不够用了，新旧两派的武侠小说家们，便运用他们惊人的想象力，创造了一大批奇门兵刃出来。

这些奇门兵刃，有的是在十八般武器的基础上变化生成的，有的则是小说家们随心所欲的创作，真是五光十色，炫人眼目。如雁翎刀、丧门剑、练子枪、象鼻杵、虎尾棍、青铜铜、龙头拐杖、列缺双钩、太皓戈、流星锤、屠龙刀、倚天剑、五星钺、三节棍、虎叉、蛇鞭、降龙棒、开山斧、子母龙凤环、八卦紫金刀等兵刃，它们的特色就是以十八般武器的名目为主。再添加上一些象形象意的形容词语组成。而长生剑、离别钩、多情环、绝情棒等武器，则明显地是以带感情色彩的词语作修饰的。判官笔、蛾眉刺、日月轮等，是武侠们爱用的短兵器。俗话说："一寸短，一寸险。"使用这些短兵器的人，通常都是武功颇高的。而镔铁禅杖、独脚铜人等重兵器，则是臂力过人者所用。在武侠小说家的笔下，一些日常生活用品，也成了威力奇高的独门兵刃。如折扇、算盘、烟管、衣带、秤锤、扁担、渔竿、渔网、棋盘、拂尘、雨伞、琵琶、箫笛、琴筝、绣花针、烧饭锅等，均可作为武器，甚至铁灵牌、哭丧棒、招魂幡等不祥之物，也是特制的奇门兵刃。其中折扇、算盘、琵琶、箫管等，还可暗藏机关，随时射出暗器，使人防不胜防。《射雕英雄传》中西毒欧阳锋的蛇杖，是一件极厉害、极可怕的怪异武器。书中说，此杖"杖头雕着个咧嘴而笑的人头，面目狰狞，口中两排利齿，上喂剧毒，舞动时宛如个见人即噬的厉鬼，只要一按杖上机括，人头中便有歹毒暗器激射而出。更厉害的是缠杖盘旋的两条毒蛇，吞吐伸缩，令人难防"。蛇杖集兵刃、暗器、毒蛇于一身，端的厉害非凡！

武器的最高境界是无武器。所谓无武器，其实是任何寻常物件，都可作为武器使用。《神雕侠侣》中那"不滞于物，草木竹石均可为剑"，便是这个意思。气流与声音也是神妙武器之一。以指、掌间发出的气流杀敌的有六脉神剑和火焰刀。以声音杀敌的则有两种：一种是用琴、筝、箫、笛、琵琶等乐声使人心神狂乱，失去理性；一种是用啸声、吼声来摧毁敌人。《倚天屠龙计》中的谢逊，就用啸声震得王盘山岛上一干人等神经错乱，成了疯子；《广陵剑》中的张丹枫，也用"狮子吼"功，震得魔头厉抗天失魂落魄，胆破而死。这些无形的武器，是远较有形的刀剑厉害得多的。

十八般武器中的弓和弩，属射远兵器，但使用起来比较费事，远不如旧小说中的飞镖、袖箭、飞蝗石等随手抛挪的暗器方便，新旧武侠小说中的暗器，花样甚多，各具妙用，如牛毛针、梅花针、蚊须针、透骨钉、丧门钉、铁莲子、铁菩提、铁蒺藜、金钱镖、蝴蝶镖、蜈蚣镖、蛇锥、孔雀翎、飞鱼刺、天山神芒、冰魄神弹等，数不胜数。喂了毒的暗器就更其可怕。功力深湛的武林高手，不单寻常的石子、棋子，可用作暗器，而且飞花摘叶，也可伤人，喷酒弹冰，也可毙敌，甚至连吐出一口浓痰，也具有巨大的杀伤力，真是神妙不可思议。至于口内时时含着枣核钉与毒龙针，可随时喷出袭击敌人，却毫不影响说话和饮食，就更是神乎其神，几近滑稽了！

剑——兵器、饰物、法器

剑是武侠小说中最常见的武器，可以说，没有哪一部武侠小说不写到剑的。与武侠一名相近的有剑客、剑侠之称，便充分显示出剑的重要地位。能御剑飞行的则称剑仙，更是神妙无方，已进入神仙境界了。

剑是在先秦时代开始出现的，大约在铜兵器发展到全盛时期，剑便由矛头和匕首演变而成。从目前发现的出土文物看，最早的剑是西周早期的铜剑。那时的剑还很不完备，剑身中间没有脊，只是末端尖锐、两边有刃的扁平形铜片，更没有剑格和剑首，只有很短的茎。以后不断改进、发展，剑身中央才有了脊，剑茎加长成为剑柄，并装有剑格和剑首，才逐步形成剑的形制，为了便于佩带，后来还发明了剑鞘。

春秋时期，中国铜的铸造技术有了很大的提高。近年在湖北江陵望山出土的越王勾践剑，出土时仍完好如新，光彩照人，锋刃异常锐利，剑身布满菱形暗纹。经测试分析，证明剑的基体是锡青铜，而花纹则是锡、铜、铁的合金，化验还证明剑身含有微量的镍。可见当时制造兵器的技艺已达到了相当高的水平。战国时代，开始用钢铁制剑，剑的质量大大提高。这时战争频繁，剑已成为军队中普遍使用的短兵器，越加重视剑的锋利，如干将、镆铘、湛卢、鱼肠、太阿、龙泉等著名宝剑，就出现在此时。据古书记载，这些宝剑能"陆断马牛，水击鹄雁"，虽不如武侠小说中的宝剑那样能断金切玉、削铁如泥，但也算得上是很锋利的了。古代诗文中甚多有关宝剑的描写，如"空余湛卢剑，赠尔托交情"（李白）、"劝君用却龙泉剑，莫负平生国士恩"（钱起）、"鱼肠宝剑余蛟血，鸭嘴金锄带药香"（陆游）等诗句，就直用宝剑之名入诗；而以剑组成的常用词语就更多了，如"仗剑""按剑""伏剑""挂剑""书剑""试剑""三尺剑""尚方剑""斩蛇剑""延陵剑""冯谖剑""欧冶剑"等，不胜枚举。干将、镆铘、风胡子、欧冶子等人是古时杰出的铸剑大师，干、镆二人，后来更成了宝剑的代名词了。

剑在先秦时期，除了作刺击兵器使用外，还是一种象征身份高贵的饰物。季札出使时有佩剑的记载（见《史记·吴太伯世家》），屈原行吟时亦有"带长铗之陆离兮"的描写。周代贵族对剑的装饰极为讲究，有的剑柄镶金嵌银，雕刻纹饰，极为精美。贵族们不惜花如此巨大的代价来装饰一把佩剑，正是为了显示自己身份的高贵。

据《周礼》记载，当时制作佩戴，按人的身长分为上、中、下三种，长度与重量都有一定的规格。西汉时期，对剑依旧很重视，"自天子以至百官，无不佩剑"（见《晋书·舆服志》）。到了晋代，剑便开始衰落，由战斗时使用的主要兵器降为辅助兵器，仅作为文武官吏佩带的饰物和防身武器罢了。

自从道教出现后，剑又成了道士们行法驱邪的重要法器。每逢做法事，道士必先设置法坛；作法时，身披法衣，手执法剑，摇动法铃，焚烧符箓，口中念念有词，于是百魔辟易，群鬼尽退。此类挥剑驱邪的描写，在旧小说中是时时可以见到的。

剑在武侠小说中是使用最多的一种武器，侠客们手中的利剑，有寻常的青钢剑与锋利无比的宝剑两种。小说家笔下的宝剑，如"倚天剑""凝碧剑""游龙剑""青冥剑""冰魄寒光剑""叶上秋露剑"等，较之古代的龙泉、太阿，还要锋利得多。武艺低者可凭宝剑增强抵抗能力，武艺高者有了宝剑则如虎添翼。但绝世的武林高手，是不在乎剑的宝与不宝的。在他们手上，一把寻常的利剑，也可发挥宝剑的效用，甚至钝剑、重剑、软剑、竹剑、木剑都无所谓。当内力极其深厚，沛然莫之能御时，便能"不滞于物，草木竹石均可为剑"，臻于"无剑胜有剑"的神妙境界了。

帮会组织与武林帮派

　　帮会，是旧社会民间的秘密组织。下层民众为求生路，秘密组织起来，同舟共济，休戚与共。如清代著名的帮会天地会，"拜天为父，拜地为母"，以"反清复明"为宗旨，会员多为农民、手工业者、城乡劳动者和游民。该会各派会多次发动和参加武装起事。可是，这类秘密团体在辛亥革命后日趋没落，甚至被坏人利用和操纵，变成以地痞、流氓为主体的黑社会组织，如青帮、红帮等帮会更蜕变为恶势力集团了。在武侠小说中写到的武林帮派，大都可以看到古时的帮会组织和当代黑社会集团的影子，有的简直就是二者的混合体。

　　帮会的建立和巩固发展，离不开"利益""义气"和"家法"。利益，是帮会组合的重要基础；义气，是维系帮会徒众的内聚力量；而家法，则是控制帮众行为的强有力措施，三者缺一不可。当然，这"利益"，只是帮会集团内部的利益，而这"义气"所维护的也仅是本帮的狭隘利益而已，本帮以外的，则是一点儿也不讲义气的，甚至因利相争，打得死去活来。各帮均有自己严密的组织和完备的家法，对帮众具有极大的约束力量。

"开香堂"是帮会收徒所举行的隆重仪式。以红帮（实为洪帮）为例，凡欲入红帮者，须预先到帮中专事发展组织的头目那里报名登记。等积到数十或上百人之后，由山主（红帮组织一般称某某山）派一头目专门负责开香堂的工作，称之为"老大"。老大奉命后，乃选择一个僻静的庙宇，进行布置。香堂正中设关帝位，上悬"忠义堂"匾额，中间设置供桌三层供祖师牌位，各用红纸或黄纸书写。堂中又另设大方台一张，右供大片子（大刀）一把，左供小喷筒（手枪）一支，正中焚起一炉香，一对烛，台口又置有线香一束。另外还张红灯，外层三盏，中层八盏，内层二十一盏，意思是把"洪"字拆开为"三八二十一"。香堂布置毕，便命新入帮会徒鱼贯入内，并请山上资格较深的各位大爷同时参与盛会，谓之"赴蟠桃"。然后紧闭山门，传令各新徒向祖师牌位行三跪九叩之礼。礼毕，则由一位大爷向帮徒详解种种帮规，按条宣读。接着便将台口线香执于左手，右手则握供于台上的大片子，怒目环视众徒道："以后各位如有不遵山主命令，不能严守帮规者，即以此香为例。"说话时高举大片子，猛砍线香，一刀两断。斩香既毕，即将所有断香分授新徒，每人身藏一支以为纪念，亦资警戒。然后令各帮徒环立成一大圈，聆听大爷朗诵入帮诗一首，复令同帮兄弟按规矩各行一礼。礼毕进行入会问答，问答后一一发给"票布"（疑指帮内各种切口）令各珍藏。至此开香堂方告完毕。

帮徒入会后，就要严格遵帮中的家法。帮徒们因触犯帮规或得罪了老头子，就会受到严刑处罚，重者被凌迟处死。青帮有十条家法，其中有对违反帮规者、忤逆双亲者、不遵师训者、不敬长上者、侵占帮中财物者，殴打帮中老少者、不务正业者、奸盗邪淫者等的惩治办法。表面看来，这些家法是惩恶扬善的，实际上却是帮中的"把头"们欺压、凌虐帮徒的工具。他们的"香堂"就是私设的"公堂"，"家法"就是私刑，老头子们是可以随意动用的。过去江苏红帮组织春保山曾发生过这样的事：一个小头目率领二十余名帮徒到海滨走私贩盐，半途遭缉私船围捕，死战始逃出十余人。因舟盐及银两均失去，不敢归山报告，流落在长江轮船上以偷窃为生。后被帮中探子发现，全部捉归帮中，以"临阵脱逃"及"吞没水头"的罪名处斩，死后分尸数段，以芦席裹成一束，抛入江中。并立时布告全帮，以警其他帮众。

类似上述青帮、红帮"开香堂"、正"家法"的描写，在不少武侠小说中都可以见到。武侠小说中的武林帮派，也都有严密的组织形式和联络"切口"，都有一定的法规，各占一定的地盘。《倚天屠龙记》中这样描述帮派中人相遇的情景："只听得天鹰教船上有人高声叫道：'有正经生意，不相干的客人避开了吧。'殷素素叫道：'日月光照，天鹰展翅，圣焰熊熊，普惠世人。这里是总舵的堂主，哪一坛在烧香举火？'她说的是天鹰教的切口。船上那人立即恭恭敬敬地道：'天市堂李堂主，率领青龙坛程坛主、神蛇坛封坛主在此。是天微堂殷堂主驾临吗？'……天鹰教教主白眉鹰王殷天正属下分为内三堂、外五坛，分统各路教众。内三堂是天微、紫微、天市三堂，外五坛是青龙、白虎、玄武、朱雀、神蛇五坛。"《笑傲江湖》中的华山派有七条戒律："首戒欺师灭祖，不敬尊长。二戒恃强凌弱，擅伤无辜。三戒奸淫好色，调戏妇女。四戒同门嫉妒，自相残杀。五戒见利忘义，偷窃财物。六戒骄傲自大，得罪同道。七戒滥交匪类，勾结妖邪。"这华山派七大戒条，与青帮的十条家法颇有相似之处。这些戒条也只是用来约束徒众的，作为华山派掌门的岳不群，如同青帮头子一样，是用不着去遵守的。他不只"见利忘义"偷去徒弟的《辟邪剑谱》，而且比"得罪同道""擅伤无辜"还要狠毒得多的把恒山派两位师太暗中杀死，真是一个货真价实的奸恶之徒。

武侠小说中的大帮派往往有总舵、分舵之别。各帮各派各有自己的地盘，往往独霸一方，横行数省，成为该地的霸主。帮众对帮内的大小头目，是要绝对服从的，不许有半点差池，而头目们掌握生杀大权，随时可以处罚任何一个"叛逆"的帮众。帮内有它的法律、法庭、审讯室和刑场，每一个武林帮派俨然就是一个针插不入、水没不进的独立王国。《笑傲江湖》中的向问天，因不肯尊奉东方不败为魔教教主，便被东方不败派人四处追杀。负责囚禁前任教主任我行的梅庄四友，因被向问天施计把任我行救走，而受到魔教四长老兴师问罪。任我行为了有效控制魔教，通令属下服食含有剧毒、定时发作的"三尸脑神丹"。这些都说明了帮派头领对帮众们的控制和惩罚是极其严厉的。

武侠小说中的武林帮派常与家族、师门、地域、行会、教派有关。如河南陈家太极、四川唐家暗器、大理段家一阳指等，是与家族有关的；又如少林、武当二派，则与师奉达摩及张三丰有关。小说家最喜欢以山划派，举凡每一座名山，都可成为一个武林派别，泰、华、恒、嵩、衡五岳之外，峨眉、昆仑、终南、五台、黄山、天山、长白山等等，亦各自成派。以行会的势力而形成武林派别的，其最著者为丐帮，在金庸的小说里，丐帮有一根绿玉竹杖作为帮主的信物。丐帮之外，五花八门的大大小小的帮会甚多，陆上的有什么青竹帮、铁扇帮、黑虎帮，水上的有什么金龙帮、海沙帮、巨鲸帮等。往往某帮帮主即为某派的首领。教派也是武林派别之一，《倚天屠龙记》中的明教教主即为武林盟主；《碧血剑》中善于使毒的云南五毒教教主也是一派武林宗师。

武林派别中的帮派斗争，有内外两种情况。在本帮派内，是为争当帮主或掌门人的职位而倾轧；在本帮派外，则为夺得至高无上的武林盟主的称号而血战。为了争得这些高位（连同确保这些高位的武功秘籍），不少号称侠客的人物都使用阴谋与杀戮这两种手段。《笑傲江湖》中的嵩山派掌门人左冷禅与华山派掌门人岳不群俱极其奸诈，岳不群尤为阴险。五岳本各自成派，后来左冷禅提出合并为五岳剑派，左、岳二人都争做这五岳剑派的首领。左冷禅势力强大，故此蛮横霸道，自以为稳操胜券。岳不群力量不及，故而深藏不露，给人以"君子剑"的假象，其实是一个伪君子。从左冷禅派人杀害衡山派刘正风一家和袭杀恒山派定静师太等人，可以看出他是极其凶残狠毒的；从岳不群暗害恒山派定闲、定逸两师太以及既夺去《辟邪剑谱》，又以之嫁祸于人的卑劣行径，可以看出他是极为阴险恶毒的。左、岳二人的所作所为，实与黑社会组织的流氓头子毫无二致。

当然，在武林帮派中也有不少人确是以侠义为本的。他们关心国家安危，抗击外敌入侵，锄豪强，扶弱小，伸张正义，不滥杀无辜，是侠气多而匪气少的英雄豪杰。如红花会众英雄黄河赈灾，丐帮徒众协助郭靖守卫襄阳，张丹枫为救扶社稷而奔走漠北江南，萧峰为解除民族矛盾而壮烈捐躯，胡斐为替贫苦农民报仇而穷追恶霸不舍，等等，都体现了江湖豪杰的英雄本色。他们的豪侠行为，与左冷禅、岳不群之流的卑劣行径，是截然相反的。从为国为民这一点看，把这些江湖侠客看作是历史上的志士仁人也未尝不可。但这些内容不是本文讨论的重点，这里就略而不论了。

三尸、三尸虫、三尸脑神丹

　　《笑傲江湖》中日月神教教主任我行所制的"三尸脑神丹"，毒性十分厉害。书中写道："这'三尸脑神丹'中裹有尸虫，平时并不发作，一无异状，但若到了每年端午节的午时不服克制尸虫的药物，原来的药性一过，尸虫脱伏而出。一经入脑，其人行动如妖如鬼，再也不可以常理测度，理性一失，连父母妻子也会咬来吃了。当世毒物，无逾于此。再者，不同的药主所炼的丹药，药性各不相同，东方教主的解药，解不了任我行所制丹药之毒。"任我行从西湖梅庄地牢中脱困后，为了加强控制属下人等，便迫令鲍大楚等人服食此物。其中秦伟邦未领教过任我行的厉害手段，坚不肯服，更被任我行命人剥出克制尸虫的丹药外皮，强行塞入口中，所受折磨，更为残酷。成千上万桀骜不驯的江湖豪客之所以对任盈盈又敬又畏，甘心为她赴汤蹈火，并尊之为"圣姑"，便是因为她能从东方不败那里取得解药，以解除"三尸脑神丹"毒性发作之苦的缘故。

"三尸脑神丹"中的"三尸"，到底是什么东西？按道家学说解释，是指人体中隐伏作祟的三个神，名为三尸神。这三尸都姓彭，上尸名踞，中尸名踬，下尸名蹻，专门在庚申日，上天道人罪过，一心想人早死。因为人一死，它就卸掉监视人的差使，可以自由自在地到处游荡，享食人间的祭品了。《历代神仙通鉴》说："三尸者，一名青姑，伐人眼，令人目暗面皱，口臭齿落；二曰白姑，伐人五脏，令人心疑气少，善忘慌闷；三名血姑，伐人胃管，令人腹轮烦满，骨枯肉焦，意志不升，所思不得。"看来，三尸实是人们致病的根源。由于三尸作祟，人们便发生病痛了。《酉阳杂俎》则说，这三尸"一居人头中，令人多思欲，好车马，其色黑；一居人腹，令人好食饮，恚怒，其色青；一居人足，令人好色，喜杀"。照此看来，三尸还是人们做坏事的教唆者。三尸亦称三尸虫。据《中黄经》说，这三尸虫"一者上虫居脑中，二者中虫居明堂（指经络血脉），三者下虫居腹胃，能为人害"。"三尸脑神丹"中那可以钻入人脑、咬人脑髓的尸虫，当是从这里受到启发而创造出来的。有关三尸神的名称、危害及防范，各书说法详略不一，其中以道家书籍《云笈七签》说得最为详细。该书说："人身有三尸神即三虫。上尸名彭倨又号青姑，好宝物，令人陷昏危。中尸名彭质又号白姑，好五味，增喜怒，轻良善，惑人意识。下尸名彭矫又号血姑，好色欲而迷人。三尸欲人速死，是谓邪魔。常以庚申日上白天曹，下讼地府，述人过误，故宜守之勿使出。"道家认为，每逢庚申之日，三尸神就乘人睡眠之际，上天述人过错，使人受到惩罚，不能成仙。人们只要此时不睡，它就不能离开人体。所以为了羁绊三尸，就要守住庚申，不让它有上天汇报的机会。经过多次羁绊之后，三尸见无隙可乘，便会自行消失。《酉阳杂俎》所说的"七守庚申三尸灭。三守庚申三尸伏"，便是此意。

金庸从道家所说的人体内有三尸虫这一点生发联想，创造出"三尸脑神丹"这种令江湖豪客闻之胆丧的毒药，是别具匠心的。在他笔下，千奇百怪、厉害无比的毒药甚多，善于使毒的能手也不少，但像"三尸脑神丹"这样的毒药却不多见。"三尸脑神丹"虽非剧毒，不能瞬间取人性命，但由于毒性会定期发作，须按时服食解药才能免害，因此对徒属具有极大的控制作用。曾经服食了"三尸脑神丹"的鲍大楚就坦白地说："服了教主的脑神丹后，便当死心塌地，永远听从教主驱使，否则丹中所藏昆虫便由僵伏而活动，钻而入脑，咬啮脑髓，痛楚固不必说，更且行事狂妄颠倒，比疯狗尚且不如。……属下自今而后，永远对教主忠心不二，这脑神丹便再厉害，也跟属下并不相干。"《天龙八部》中灵鹫宫主人天山童姥所施的暗器"生死符"，一着人体之后，便会麻痒难忍，令人求生不得，求死不能，也须定时服食解药，始能在一年之内暂不发作，其效用与"三尸脑神丹"颇为相似。

"三尸脑神丹"是一种有潜伏期的特殊毒药，适宜于对徒属的控制，因此教派帮会的首领们是乐于采用的。只要徒属们服食了此丹，教主帮主们掌握着解药，就不愁他们造反了！

明教五散人的真真假假

金庸《倚天屠龙记》中的明教，地位最高的是教主，其次是光明左使和光明右使，再其次是四大护教法王，然后是五散人。其中明教教主张无忌等人的名字是虚构的，而五散人的名字则见之于史籍或传说。五散人是彭和尚彭莹玉、铁冠道人张中、布袋和尚说不得、冷面先生冷谦和周颠五人。这五人，有的是历史上真有其人，有的则是传说中的神仙人物。金庸借用了这些人物来为他的小说服务，真真假假，虚实莫测。

彭莹玉在历史上真有其人。他又名彭翼和彭国玉，人称彭和尚，是元末红巾军徐寿辉部将领。他是袁州人，在袁州南泉山慈化寺出家为僧，会治病，曾以白莲教组织群众，宣传"弥勒佛下生"，与其徒周子旺发动起义。子旺被捕牺牲后，他出走淮西，继续进行宣传组织活动。至正十一年秋，他与邹普胜等人聚众响应刘福通起义，推举徐寿辉为首领，于蕲水建立政权，出任军师，攻占湖广、江西许多地方。后在瑞州战死。彭莹玉在《倚天屠龙记》中出场较早，是五散人中出现最早的一个。观其初出场时掩护白龟寿和回护纪晓芙的语言行动，便见其正气凛然，刚强不屈。他为人比较公正持平，不像周颠那样偏激。当五散人与青翼蝠王韦一笑相约同上光明顶，协助光明左使杨逍抗击武林六大派围攻明教时，周颠因与杨逍有怨，坚不肯去，彭和尚道："周颠，倘若六派攻破光明顶，灭了圣火，咱们还能做人吗？杨逍得罪五散人当然不对，但咱们助守光明顶，却非为了杨逍，而是为了明教。"后来他又劝道："颠兄，当年大家为了争立教主之事，翻脸成仇，杨逍固然心胸狭窄，但细想起来，五散人也有不是之处……"彭和尚明事理，识大体，一事当前，以大局为重，观此寥寥数语，便见其胸襟开阔，识见过人。当五散人与杨逍、韦一笑在光明顶上被圆真（即成昆）突然袭击。同受重伤倒地后，彭和尚想及今日命丧圆真之手，平生壮志尽付流水，不禁慨叹道："我早就说过，总须联络普天下的英雄豪杰，一齐动手，才能成事……"金庸如此刻画彭和尚，是比较接近历史真实的。梁羽生在《萍踪侠影录》中，把彭和尚写作朱元璋和张士诚之师，并写他留下武学秘籍《玄功要诀》。既是义军领袖，又是武林高手，同样有一定的历史依据。

铁冠道人张中、冷面先生冷谦和周颠三人，都是元末明初人，据说后来都成了仙。明人王世贞所编的《列仙全传》，就收有这三个人的神仙故事。

张中字景和，临川人，因平常喜戴铁冠，故称"铁冠道人"。他少遇异人，学得太乙神数，能观云望气，预言祸福，十分灵验。当朱元璋驻军滁阳时，他看出朱元璋龙瞳凤目，相貌贵不可书，预言他日必登帝位。开国名将徐达还在做将军的时候，张中便说他两颊鲜红，目光如火，定必官至极品，可惜只得中寿，享年不永。后来徐达果然官至魏国公，死后被追封为中山王，谥武宁，富贵至极，但终年只得五十四岁。凉国公蓝玉曾载酒去访张中，张中便服出迎。蓝玉很不高兴，讥笑地说："我这里有一个上联：脚穿芒履迎宾，足下无礼。请你对个下联。"张中随即指着蓝玉手上的椰杯说："手执椰瓢作盏，尊前不忠！"后来蓝玉以谋反罪被诛，证实了张中说他"不忠"的预言。张中在京城中住了多年，后来无端投水而逝。皇帝下令寻他的尸体，却遍寻不获。第二年潼关守卫上奏说，某月某日，看到铁冠道人策杖出关。一查对日期，正是张中投水那天。张中此类异事甚多，朱元璋与陈友谅在鄱阳湖大战时，他从云气中察知陈友谅已中箭身亡，便劝说朱元璋撰写祭文，让死因在军前诵读，动摇对方军心。朱元璋依计行事，陈友谅的军队果然迅即崩溃。

冷谦字启敬，杭州人，道号"龙阳子"，自称"黄冠道人"。精音乐，善书画。明朝洪武初年任太常协律郎，不少郊庙乐章，大都由他撰定。著有《修龄指要》一书，内谈修炼长生之术。传说在永乐年间得道成仙。冷谦有个穷朋友，曾向他请求救济。冷谦说："我可以指点你一条发财之路，但千万不能贪得无厌。"说罢在墙上画了一道门，门边有一只鹤在守着。他叫那个朋友敲门进去。门一敲就自动打开了。那个朋友进去一看，只见满眼都是金银珠宝，便忘了冷谦的吩咐，不顾一切地拼命拿取，在迷乱中却把自己的名片遗落了。过了几天，宫中金库发现少了一批财宝，守吏在库中捡到那张名片，便把那人抓去。那人供出了冷谦，冷谦也一同被治死罪。当冷谦被刽子手押解出城门时，他对刽子手说："我就要没命了，能否给我喝一点儿水？"刽子手给了他一瓶水，他一边喝一边把脚插入瓶中，不一会，全身都缩进瓶内。刽子手大惊，恳求他从瓶中出来。冷谦说不要紧，只要把瓶子拿到皇帝面前就没事了。刽子手只得照此去做，把瓶子呈到皇帝面前。皇帝凡有问话，瓶中立即回答。皇帝说："你快出来见我，我不杀你！"冷谦在瓶中答道："臣有罪，不敢出来！"皇帝一怒之下把瓶子打得粉碎，却不见冷谦的踪影，但每一片瓶子碎片，都发出"臣有罪，不敢出来"的声音，回荡在大厅四壁，弄得皇帝十分尴尬。仙人游戏人间，戏弄帝王之事，古已有之。冷谦此举，亦是一例。冷谦在《倚天屠龙记》，中被称为冷面先生，说话简短，从不多言，显得很冷。但《列仙全传》写他乐于相助穷朋友，又把皇帝戏弄得尴尬不堪，却是心肠颇热的。

周颠又名周颠仙，名字不详，自称是建昌人。十四岁时得了狂疾，经常胡言乱语，人以为颠。三十多岁时，狂态更甚。凡有新官上任，他必往拜访，并说："我来预告太平。"新官们视之如疯子，均命人赶出，不予理睬。据说朱元璋与陈友谅在鄱阳湖大战时，周颠正在南昌行乞。他口唱《太平歌》，预言"天下将属朱"。朱元璋得知大喜，便邀周颠同行。在渡江攻南京时，风雨大作，兵马不能前行，周颠立于船头，向天呼叫，不久便风平浪静。后来周颠辞归庐山竹林寺。朱元璋在南京称帝后，遣使至庐山寻周颠，却杳无踪影。朱元璋感念周颠之功，便在庐山仙人洞西北的锦绣峰上，建亭立碑，以记其事。碑高约四米，碑文为朱元璋所撰之《周颠仙人传》，故此亭被称为"御碑亭"。亭前石门上刻有一副对联："姑从此处寻踪迹，更有何人告太平。"便写出了周颠"告太平"后"踪迹"杳然的情况。周颠除了预言"朱元璋做皇帝定太平"外，还在朱元璋攻打张士诚时，预言张士诚"天上没有他的位子"。于是朱元璋放心攻打，一举获胜。周颠在预言之外，癫狂之处亦不少。据说朱元璋每次出巡，他都要上前遮拜"告太平"。朱元璋十分厌烦，下令赐酒灌他，谁料他量大如海，狂饮亦不醉。朱元璋心中刚涌起杀他的念头，周颠便说："你想杀我吗？水火金杖，对我如同无物！"朱元璋大怒，下令把他丢进大缸里，下面用火来烧。火熄后开缸一看，周颠晏然端坐，毫发无损。朱元璋下令加大火力再烧，周颠依旧无事，反更容光焕发。朱元璋无奈，只得把他寄放在蒋山寺中，但不久和尚来告知，说周颠脾气古怪，老爱和小沙弥争饭，生气后已有半个月没吃饭了。朱元璋赶去一看，周颠却毫无倦色，一点饿意也没有。周颠诸如此类狂态甚多。《倚天屠龙记》中写他出语无状，动辄骂人，行事怪僻，专好斗嘴，是非常符合周颠的性格的。

　　布袋和尚说不得大师，在五散人中，是作者杜撰出来的人物。布袋和尚的原型，是五代后梁的僧人契此，号长汀子，浙江奉化人，在岳林寺出家。他身材矮胖，长相猥琐，常以杖背一布袋，四出化缘，随处坐卧。天将下雨，他便着湿鞋；天将干旱，他便拖木屐。人们据他穿鞋着屐，便得知晴雨的变化。他虽疯疯癫癫，但与人谈祸福吉凶，却很灵验。他死前口占一偈："弥勒真弥勒，分身千百亿。时时示世人，世人自不识。"时人便据这佛偈，把布袋和尚看作是弥勒佛的化身。因此现在寺院门口的弥勒佛，塑造的就是蹲坐大笑的布袋和尚的形象。弥勒像旁常有这样一副对联："肚大能容，容天下难容之事；口开常笑，笑世间可笑之人。"联语诙谐幽默，是颇合身矮腹胖、笑口常开的布袋和尚的造型的。说不得大师的布袋，名叫乾坤一气袋，质料奇妙，非丝非革，乃天地间的一件异物，寻常刀剑也无法把它刺穿。《西游记》中的弥勒佛有一个人种袋，法力巨大，神妙无方。黄眉童子盗去之后，竟使神通广大的孙悟空及诸天神将也束手无策。乾坤一气袋虽无人种袋那样的无边法力，但其神异之处也是不可思议的。金庸塑造布袋和尚说不得这个人物，比较符合当时元末的历史真实。元末的农民起义，大都以白莲教宣传组织群众。当时的白莲教，是个混合有佛教、明教、弥勒教等内容的秘密宗教组织。其教义是崇尚光明，认为光明定能战胜黑暗。各地起义首领，便常以"弥勒降生""明王出世"相号召，发动起义。因此作为弥勒佛化身的布袋和尚，被金庸选作明教五散人之一，是很合情理的。在《倚天屠龙记》中，布袋和尚说不得因指责周颠不肯同上光明顶，而被周颠一掌打落几枚牙齿时，竟是一言不发，淡淡一笑。这正是"肚大能容，容天下难容之事"的具体表现。

武侠小说常喜借用一些人们熟悉的历史人物（兼及其子孙后代），来个真人假事的加工制作，穿凿附会，无中生有，大肆铺陈，纵横渲染，似真似幻，扑朔迷离，使人亦信亦疑。其中，金庸和梁羽生的作品在这方面是最为突出的，举凡历史上的帝王将相、释道儒医，都可信手拈来，点染发挥，为他们的小说服务。

为国为民——侠之大者

金庸、梁羽生笔下的武侠，甚多血性男儿。他们的所作所为，大都符合传统侠客的标准。如：有强烈的正义感和责任感；敢于与欺凌孤弱的豪暴之徒进行殊死的抗争；不惜牺牲自己的身家性命为别人排难解纷，报仇雪耻；在国家民族危难之时，能够挺身而出，毫不考虑个人的安危得失，甚至舍生取义，杀身成仁，等等。下面试举几个人物为例，以见一斑。

《飞狐外传》中的胡斐是个急人之难、行侠仗义的侠士。为了替素不相识的贫苦农民钟阿四一家四口报仇，他穷追恶霸凤天南不舍，即使自己一见倾心的美貌姑娘袁紫衣软语央求，也不心软，即使江湖上的好汉低声下气求他放过凤天南，他也不罢手。胡斐的确是一个硬铮铮的汉子，是一个真正锄强扶弱的侠士。

《射雕英雄传》中的郭靖宅心仁厚，义胆忠肝，堪称"侠之大者"。观其六岁时掩护蒙古勇士哲别，以及救出豹口下的华筝公主，便见其勇敢的天性。待到他长大成人，有一次随成吉思汗进攻撒麻尔罕，因该城城坚守固，久攻不下，牺牲甚多，成吉思汗便当众宣布：谁能攻破此城，城中的玉帛子女全数赏他。当郭靖用黄蓉之计攻破撒麻尔罕城后，成吉思汗果执行诺言，叫他领兵前去点收。在攻城之前，郭靖本与黄蓉计议好，破城后向成吉思汗提出解除与华筝公主的婚约。正当他要说出这个要求时，蒙古军开始屠城，城中数十万百姓奔逃哭叫，面对此惨象，他毅然把要求改为"饶了这数十万百姓的性命"，即使因此而与黄蓉的姻缘化为流水也在所不顾。其后在《神雕侠侣》中，两次死守襄阳，抗击蒙古大军。当金轮法王捉了他的女儿郭襄，要挟他献城投降时，他大义凛然，不为所动，高声激励女儿慷慨就义，不可害怕，端的社稷为重，儿女为轻，为国为民，不愧大侠称号。

《天龙八部》中的萧峰，父母是契丹人，因家遭大难，从小被汉人收养，学得惊人武艺，成为丐帮帮主。后被人陷害，有意泄露出他是契丹人后裔的底细，不容于丐帮，遂愤而离宋归辽。后来辽宋交兵，萧峰为免宋辽两国千万生灵涂炭，力阻辽帝耶律洪基南侵。当虚竹与段誉在雁门关前擒获耶律洪基时，萧峰又胁迫耶律退兵，要他终其一生，不许辽军一兵一卒越过宋辽疆界。耶律洪基处此危境，只得答允退兵。萧峰是辽人，自小生长于宋，对宋辽两国俱有深情。他既不肯侵宋，亦不愿背辽，因此在辽帝折箭答允退兵之后，便以身相殉。萧峰之死，可以说是为解决辽宋两国间的民族矛盾而壮烈捐躯的，其凛然正气足可与历史上的志士仁人相媲美。

《萍踪侠影录》中的张丹枫是个亦狂亦侠的名士型侠客。他本是元末张士诚之后世子孙。张士诚在与朱元璋争天下时，兵败被俘自杀。其后代远走漠北，投奔瓦剌，时谋推翻朱家王朝。张丹枫生在这样的环境中，自是对明朝怀有世仇。但当瓦剌入侵中原，明英宗朱祁镇在土木堡被俘，明朝岌岌可危之时，他毅然捐弃家仇，抛却富贵。尽出祖上所藏金银财物，奔走中原塞北之间，全力支持于谦抵抗，终于挫败瓦剌首领也先的阴谋，救出英宗回国。张丹枫在国家危难之时，以民族大义为重，全不考虑个人安危得失，他的所作所为，是完全符合侠义的标准的。

胡斐、郭靖、萧峰和张丹枫是四个为国为民的侠士典型。在金庸、梁羽生的小说中，这类侠气纵横的人物是不少的。阅读这类"侠气多而匪气少"的武侠小说，在消遣之余，是可以得到教益的。但不可否认，武侠小说中也有不少"武而不侠"的人物，这些人性格乖僻，动辄杀人，标榜江湖义气，善恶邪正不分，他们视国家如无物，视人命如草芥，属于"侠气少而匪气多"的一群。正如柳苏先生所指出的："有些武侠小说，不但武功写得怪异，人物也写得怪异，不像正常的人，尤其不像一般钦佩的好人，怪而坏，武艺非凡，行为也非凡，暴戾乖张，无恶不作，却又似乎受到肯定，至少未被全部否定。这样一来，人物是突出了，性格是复杂了，却邪正难分了。"这些武侠小说作者只求塑造出性格奇特的人物，至于是否合乎侠义的标准，就全然不顾了。最为下劣的是那些"拳头加枕头"的货色，由于这类下劣货色的存在，便为那些敌视武侠小说者提供了反对的口实，从而连可与"纯文学"作品媲美的金庸、梁羽生的新派武侠小说，也一概否定了。这是使人深为慨叹的。

金庸笔下的人名趣谈

金庸作品，文字活泼生动，时以游戏笔调为之，写得谐谑风趣，使人回味无穷。其为笔下人物所取的名字，妙趣横生，多彩多姿，便是一例。

这些人物名字，除泛泛而取者外，大都有些意思，亦庄亦谐，亦俗亦雅。其中有的与人物的性格有关，有的与爱好有关，有的与脾气有关，有的与身世有关。有的则是取得颇有深意的，当然，也有的是别无深意，仅作笑料使用而已。

《笑傲江湖》中之日月神教教主任我行，其名恍如其人。他武功高强，手段狠毒，刚愎自用，横行无忌，连武林泰斗少林、武当两大派也全不放在眼内，是武林中人闻风丧胆的大魔头。取任我行之位而代之的东方不败，观其名则知其武功盖世。此人修习了武林秘学《葵花宝典》，武功已臻第一流之顶。手中一枚小小的绣花针，使得出神入化，江湖上无人能够抵挡。任我行从西湖梅庄逃出后，上黑木崖向他寻仇，也要合令狐冲、向问天、上官云三人之力，才能把他击败。若一对一的相斗，这个东方教主依然是不败的。任我行与东方不败两个名字，甚合二人的性格：一个唯我独尊，一个目空一切，都是由震世武功孕育出来的怪物。

《天龙八部》中的包不同，外号"非也非也"，专好与人抬杠。别人赞好，他偏说不好；别人说不好，他又偏赞妙极。他与人抬杠，已经养成习惯，不论亲疏敌友，都要"非也非也"一番，总要弄到对方下不了台才罢口。他这种专门抬杠的性格，最终却要了他的性命。当他的主子慕容复，为求恢复燕国大业而屈膝向号称"恶贯满盈"的段延庆乞援时，他又"非也非也"的说了一番反对意见。慕容复不容他败坏自己的图谋，未让他说完，便下手将他击毙。包不同最后致死的一番"反话"，一改过去胡闹的脾气，说得极其正经，显出他对主子确是一片忠心的。他死得太不值了！《侠客行》中有两个武功颇高的老头，名叫丁不三、丁不四。这兄弟二人嗜杀成性，但却有某种节制，丁不三杀人自称"一日不过三"，丁不四则自称"一日不过四"。二人行事荒唐，脾气古怪，如同他们的名字一样，是两个"不三不四"的人物。

《侠客行》中的核心人物石破天，出场以后时时自称"狗杂种"。这自侮自贱的名字，说明了他的身世奇特。原来他自小被父母的仇家掳去。这个仇家因恼恨他父亲钟情另一个女子而不爱恋自己，便口口声声称之为"狗杂种",以发泄心中的怨恨。石破天从小便被这个"妈妈"叫惯了"狗杂种",生平又不识字,不解此三字何意,便习以为常的承受下来了。殊不知正因为他时时自认"狗杂种",倒让他躲过了不少麻烦,真算得上是因贱得福了。

《笑傲江湖》中有趣的名字最多。如合称"黄河老祖"的两个人,一个姓"老",名"爷",字"头子",一个姓"祖",名"宗",字"千秋",老爷老头子,祖宗祖千秋,这二人的名字如此之怪,一看便知是戏谑性质的。老头子的女儿老不死,与包不同的女儿包不靓,她们的"芳名"更是古怪得使人发笑。至于"黄河老祖"二人的朋友"夜猫子"计无施,其名从"无计可施"得来,则是不说自明的。但计无施与他的绰号"夜猫子"连起来,便有"欲偷无计"之意,这就十分有趣了。《笑傲江湖》中有一个杀人名医平一指,此人医术极高,生平从未碰到一个他医不好的人。他自称"一指",意思是说:杀人医人,俱只一指。要杀人,点人一指便死了,要医人,也只用一根手指搭脉。他医人的原则极怪,声称每医好一个人,便要杀死一个人,一生一死扯平,绝不做赔本的生意。后来他碰到身上中毒、体内又有几名高手的真气夹攻的令狐冲,大感束手无策,他那"医一人杀一人"的原则便不能兑现,只好怀着懊丧的心情自杀了。想来他定是死不瞑目的。书中还有一个有趣人物,叫作不戒大师,此人全不守僧家的清规戒律，既不戒杀戒荤，又娶了一个尼姑为妻，故自称为"不戒"。不戒大师后来强收了采花贼田伯光为徒孙，迫其落发，割其阳物，为之取名"不可不戒"。不戒大师自身不戒，而徒孙却不可不戒，对比十分有趣。田伯光阳具被割当然很惨，但此人糟蹋过不少良家女子，如此下场，也是罪有应得的。

《笑傲江湖》中负责囚禁、看管任我行的梅庄四友，他们的姓名实际上只是一些外号，作者为之取名，乃是以他们的爱好为准则的。这四个人中，喜欢书法的取名为"秃笔翁"，醉心绘画的取名为"丹青生"，酷爱弹琴的名叫"黄钟公"（黄钟为古乐十二律之一，声调最洪大响亮），沉迷于围棋的则叫作"黑白子"，四人名字合起来便是"书、画、琴、棋"。这与《射雕英雄传》中一灯大师座下四大弟子"渔、樵、耕、读"，恰是极佳的映衬。"渔樵耕读"与"书画琴棋"，八个字的平仄相间相协，劳力劳心与闲情逸致又彼此相映成趣，实是一副上好的对联。

这里特别值得一谈的是一个没有出场的人物。此人剑术神妙，武功极高，在《神雕侠侣》及《笑傲江湖》两书中都有提到。他的名字甚怪，叫作独孤求败。他所创的"独孤九剑"是一套武林绝学，令狐冲凭此绝学，虽内力不够，亦足以护住自己，把对手震退。《神雕侠侣》曾写杨过在荒谷中发现这位前辈高人的埋剑之地，剑冢上的石刻题字，虽只寥寥数语，但可看出他武功之高，已臻绝顶；其用剑之精，当世无人能及。下面抄录剑冢上的一段题字，以见其剑术通灵、举世无敌后的英雄寂寞之感：

　　剑魔独孤求败既无敌于天下，乃埋剑于斯。呜呼！群雄束手，长剑空利，不亦悲夫！

　　独孤求败与东方不败，两人名字相反，而其意则一，都是极端的自负。只是独孤求败此名，在自负中深含寂寞、苍凉之意，远较只是词意直露的东方不败一名深刻。这位独孤大侠，既名"求败"，自是走遍天下欲求一胜己之人，始终未能如愿，故此只得埋剑深谷，郁郁以终。看来常胜英雄是不好当的，当功力悉敌的对手找不到时，是不免有一种难言的寂寞的。听说棋坛国手都有这种异于常人的感情。他们固然想取胜，但老是胜利也不是滋味。他们渴望打硬仗，渴望碰到强劲的对手。若果年复一年的对手都是不堪一击之辈，斗起来连半点波澜也没有，那就胜利得使人难堪了，倒不如找一个强大的对手恶战一番之后败在他手里痛快。真正的英雄豪杰，总希望对手如狮如虎般强猛，而不愿如羊如兔般软弱。这就是独孤求败何以在百胜之后渴求失败的真正原因。

　　笔者认为，在金庸笔下众多的人物名字当中，"独孤求败"这个名字，是起得最有深意的。这个纵横江湖三十余载，杀尽寇仇，败尽豪杰的绝世英雄，欲求一敌手而不可得，只好埋剑荒山，隐身深谷，怅然而逝。鸣呼！百胜悲凉，英雄寂寞，此所以独孤大侠取名"求败"也！

金庸小说的回目

金庸的封笔之作《鹿鼎记》，写法与他以前的武侠小说完全不同，以致有读者怀疑是别人代写。其实这是金庸有意为之的。他在《鹿鼎记》的后记中说："一个作者不应当总是重复自己的风格与形式，要尽可能地尝试一些新的创造。"他不单在整部小说的写法上不重复自己的风格与形式，在小说的回目上也是多彩多姿，时有"新的创造"的。

金庸在早期的《书剑恩仇录》和《碧血剑》两书中，依然使用旧式章回小说的对仗工整的一联作回目，前者用的是七字句的一联，后者用的是五字句的一联。如"金风野店书生笛，铁胆荒庄侠士心""纤纤出铁手，烈烈舞金蛇"等。在《射雕英雄传》和《神雕侠侣》中，回目则全改用四字句，如"弯弓射雕""九阴真经""神雕重剑""情是何物"等。《笑傲江湖》的回目则最为简练，每回仅用二字概括。如"灭门"一回，写林平之一家惨遭灭门之祸；"洗手"

一回，写刘正风要金盆洗手，退出武林，却招来全家被杀；"传剑"一回，写风清扬向令狐冲传授"独孤九剑"，等等，都概括得十分准确。《侠客行》《连城诀》《飞狐外传》等书，则用长短不等的小标题代替回目。《雪山飞狐》则连小标题也不用，只以"一、二、三、四"把各回分开便算。《白马啸西风》《鸳鸯刀》和《越女剑》因篇幅较短，则连"一、二、三、四"也略而不用了。

在这十五部作品中，以《倚天屠龙记》《天龙八部》和《鹿鼎记》三部的小说回目最有特色。这些回目，有的串起来是一首诗，有的连起来是一阕词，有的则是集取古人律诗中的一联对句组成，真是形式多样。

《倚天屠龙记》共有四十回，每一个回目是一句七言诗，句句韵脚相同，四十句连起来，便成了如下一首句句押韵的柏梁体古诗："天涯思君不可忘，武当山顶松柏长。宝刀百炼生玄光，字作丧乱意彷徨。皓臂似玉梅花妆，浮槎北冥海茫茫。谁送冰舸来仙乡，穷发十载泛归航。七侠聚会乐未央，百岁寿宴摧肝肠。有女长舌利如枪，针其膏兮药其盲。不悔仲子逾我墙，当道时见中山狼。奇谋秘计梦一场，剥极而复参九阳。青翼出没一笑飏，倚天长剑飞寒芒，祸起萧墙破金汤，与子共穴相扶将。排难解纷当六强，群雄归心约三章。灵芙醉客绿柳庄。太极初传柔克刚。举火燎天何煌煌，俊貌玉面甘毁伤。百尺高塔任回翔，恩断义绝紫衫王。四女同舟何所望，东西永隔如参商。刀剑齐失人云亡，冤蒙不白愁欲狂。箫长琴短衣流黄，新妇素手裂红裳。屠狮有会孰为殃，夭矫三松郁青苍。天下英雄莫能当，君子可欺之以方。秘籍兵书此中藏，不识张郎是张郎。"

《天龙八部》共有五集，每集的回目成一首词，合起来便有《少年游》《苏幕遮》《破阵子》《洞仙歌》和《水龙吟》等五首。这五首词的词牌各有不同，有长调，有短调，有平韵，有仄韵，豪放婉丽，兼而有之。今把第一集和第五集的回目抄录于下，以供赏览。第一集的回目调寄《少年游》，用的是少年游本意："青衫磊落险峰行，玉璧月华明。马疾香幽，崖高人远，微步縠纹生。谁家子弟谁家院，无计悔多情。虎啸龙吟，换巢鸾凤，剑气碧烟横。"第五集的回目则以长调《水龙吟》为题，表达豪迈慷慨之情："燕云十八飞骑，奔腾如虎风烟举。老魔小丑，岂堪一击，胜之不武。王霸雄图，血海深恨，尽归尘土。念枉求美眷，良缘安在，枯井底，污泥处。

酒罢问君三语：为谁开，茶花满路？王孙落魄：怎生消得，杨枝玉露？敝屣荣华，浮云生死，此身何惧？教单于折箭，六军辟易，奋英雄怒。"

《鹿鼎记》则又与《倚天屠龙记》和《天龙八部》不同，它的回目并不能串成诗词，使用的只是对仗工整的每回两句，如同旧式章回小说的回目一般。但这两句并非金庸所作，而是从他先人查慎行的诗集中集取一联对句而成。从别人现成的诗集中选取两句作回目，看似容易，其实甚难。因为金庸所用的方法，并非像一般集句的那样。从不同的诗篇中选录单句，甚至从不同作者的诗中选集单句。他每回所集的两句，是选自同一首诗的，而且五十回的集句，又出自同一个作者的，这就极难了。因为从同一首诗中集句，有时上一句对了，下一句却无关，或者下一句很合用，上一句却用不着，最后就只好放弃，另选新的。因此以这样的集句作回目，限制太大，较之作者自行创作还难得多。所以金庸自己也说"有些回目难免不很贴切"。但在这五十联回目中，能贴切地概括该回内容的，是大多数。如第二回"绝世奇事传闻里，最好交情见面初"，写书中主人公韦小宝与茅十八结识，从此引出一大篇奇绝妙绝的故事；第四十三回"身作红云长傍日，心随碧草又迎风"，写韦小宝既想陪伴康熙，又想追随天地会的复杂心境和矛盾行为，都是颇为贴切的。再如"翻覆两家天假手，兴衰一劫局更新""眼中识字如君少，老去知音较昔难""人来绝域原拼命，事到伤心每怕真"等回目，句子本身已极有诗意，与该回内容连在一起，细加咀嚼，更令人回味不尽。

据《蜀山剑侠传》作者还珠楼主之子李观承说，其父写作例先完成书稿，再细心推敲回目文意，予以精制。因此《蜀山剑侠传》一书中的回目，文采斐然，诗味浓郁。金庸《倚天屠龙记》《天龙八部》《鹿鼎记》三书中那些极见匠心的回目，想必也是在成书后修订时所精心撰制的。一本好书，在有了好内容之后，再配上精美的好回目，就更是锦上添花、相得益彰了。

梁羽生的诗词修养

读梁羽生的武侠小说，觉得他受中国古典诗词的影响较深。他的小说回目，一般都制得比较平稳和工巧，有的还极有韵味，充满诗情。如"太息知交天下少，伤心身世泪痕多""望极遥天愁黯黯，眼中蓬岛路漫漫"(《云海玉弓缘》)、"冰雪仙姿，长歌消侠气；风雷手笔，一画卷河山""剑气如虹，二十年真梦幻；柔情似水，一笑解恩仇"(《萍踪侠影录》)、"牧野飞霜，碧血金戈千古恨；冰河洗剑，青蓑铁马一生愁""剑气珠光，不觉坐行皆梦梦；琴声笛韵，无端啼笑尽非非"(《七剑下天山》)等回目，既能概括该回内容，又对仗工整，诗意盎然，非深知此中三昧的人，是难以达到如此境界的。其中"牧野""冰河"一联，可能作者特别欣赏，因为他有两部小说，就分别取名为《牧野流星》和《冰河洗剑录》。

梁羽生的武侠小说，很喜欢引用古典诗词，只要合适，就随手牵来，为他的小说服务。如《萍踪侠影录》中的张丹枫，因苦苦思念云蕾而轻拍栏杆，低声吟道："独倚危楼风细细，望极离愁，黯黯生天际。草色山光残照里，无人会得凭栏意。也拟疏狂图一醉，对酒当歌，强乐还无味。衣带渐宽终不悔，为伊消得人憔悴。"这是柳永的《蝶恋花》词，移用于此，是颇能表达张丹枫的悲苦心境的。云蕾是仇家之女，两家有血海深仇，二人要结合在一起是极难的。张丹枫明知希望渺茫，仍苦苦思恋，甘愿为之憔悴而始终不悔，相思之深，此词足以副之。又如写张丹枫与云蕾在中秋月下策马同行时的一段对话，彼此引用苏轼的咏月词句来诉说衷情，也用得十分巧妙。书中写道：

张丹枫索性在马背上回转头来，见云蕾似喜似嗔，也不觉心神如醉，一霎时间，许多吟咏中秋的清词丽句，都涌上心头。云蕾道："大哥，你傻了吗？"张丹枫一指明月，曼声吟道："但愿人长久，千里共婵娟。"这是苏东坡（水调歌头）词中名句。云蕾接着吟道："人有悲欢离合，月有阴晴圆缺，此事古难全。大哥，你可别只记得最后两句，而不记得这几句呵！"说了之后，神色黯然。

张丹枫本是借词寄意："但愿人长久，千里共婵娟。"希望能和云蕾白头偕老，长对月华。云蕾心中虽然感动，却记起了哥哥的说话（指云蕾之兄云重不许她与张丹枫结成夫妇），所以也借词寄意："人有悲欢离合，月有阴晴圆缺，此事古难全。"暗示前途茫茫，未可预料，只恐良辰美景，赏心乐事，自古难全。云蕾本是多愁善感的人，说了之后，自己又觉难过，悲从中来，不可断绝。

这里把苏词的顺序倒转过来连用，以写两人的心境，真是恰到好处。除了引用古人诗词之外，梁羽生有时又直接为书中人物撰作诗词，以抒怀抱。如《白发魔女传》，写卓一航与白发魔女彼此相爱极深，但因多次误会，波折甚多，书至终卷，仍不能以大团圆结束。如此遗憾的结尾，是颇不落俗套的。结尾写卓一航独立天山驼峰，凄然南望（白发魔女隐居于南高峰），悲从中来，用剑在石壁上刻下了一首律诗："别后音书两不闻，预知谣诼必纷纭。只缘海内存知己，始信天涯若比邻。历劫了无生死念，经霜方显傲寒心。冬风尽折花千树，尚有幽香放上林。"此诗虽是一般，但在表情达意方面，还是不错的。由于梁羽生喜欢诗词，因此他书中的人物也甚喜谈诗，如《七剑下天山》中的纳兰容若与冒浣莲品茗谈诗，就写得很不错。纳兰容若是清初的杰出词人，书中所引的纳兰词作，多是名篇，与故事连在一起，更增感人的力量。但谈诗论词的内容写得太多太滥，也会令人生闷，如《广陵剑》中反复写侠客谈诗，就使人生厌烦之感。笔者是喜好诗词的，看得多了，尚且觉得没趣；不懂诗词的读者看了，就更会兴味索然了。

梁羽生的作品，大多开头结尾都系有诗词，以作领起和收束，与传统的章回小说相似。这些诗词甚见才情，对全书能起点缀的作用，读来颇堪回味。如《七剑下天山》的卷首词《八声甘州》："笑江湖浪迹十年游，空负少年头。对铜驼巷陌，吟情渺渺，心事悠悠。酒冷诗残梦断，南国正清秋。把剑凄然望，无处招归舟。明日天涯路远，问谁留楚珮，弄影中洲？数英雄儿女，俯仰古今愁。难消受灯昏罗帐，怅昙花一现恨难休。飘零惯，金戈铁马，拚葬荒丘！"此词豪迈苍凉，颇能写出江湖侠士缠绵悲壮的心境。结尾的《浣溪沙》词："已惯江湖作浪游，且将恩怨说从头，如潮爱恨总难休。瀚海云烟迷望眼，天山剑气荡寒秋，蛾眉绝塞有人愁。"此词对全书起总括作用，江湖上的恩怨，英雄们的爱恨，到此告一段落，读罢全书，再反复吟诵这首词，自有回味不尽之意。又如《萍踪侠影录》的卷首词《浣溪沙》："独立苍茫每怅然，恩仇一例付云烟，断鸿零雁剩残篇。莫道浮萍随逝水，永存侠影在心田，此中心事倩谁传？"《江湖三女侠》的卷首词《菩萨蛮》："剑胆琴心谁可语，江湖漂泊怜三女。弹指数华年，华年梦似烟。遥天寒日暮，寂寞空山路。踏遍去来枝，孤鸿独自飞。"二词写儿女恩仇，江湖漂泊，琴心剑胆，侠影翩翩，既有苏、辛的豪放风格，亦有秦、晏的婉约情调，写得颇为不错。

梁羽生还喜欢把古人诗句化为武功招式名称，如从王维"大漠孤烟直，长河落日圆"两句诗中，摘取"大漠孤烟""长河落日"为招名；又从韩愈"云横秦岭家何在，雪拥蓝关马不前"中，摘取"云横秦岭""雪拥蓝关"作招名,等等。今人的诗句,他也毫不客气地借用过来作招式名称,如"鹰击长空""鱼翔浅底"二招,就出自毛泽东的早期词作《沁园春·长沙》。梁羽生还从古人以"重、拙、大"三字论词中受到启发,创制出一套惊人的武学理论。他在《广陵剑》中写道:"武学中最难达到的境界是'重、拙、大'三字,举重若轻,似拙实巧,以小克大,这是不走偏锋的正大光明的武学,练到这个境界,亦即是到了返璞归真的境界,当真是谈何容易!""重、拙、大"三字竟成了上乘武学的最高境界,真是匪夷所思,玄之又玄了。

梁羽生曾自称"受中国传统文化(包括诗词、小说、历史等)的影响较深",因此他喜用章回小说回目,书中故事的历史背景比较真实可信,而且擅长谈诗论词,巧妙运用。这不是所有武侠小说作者都能做到的。如温瑞安在《骷髅》中,写一个进士出身的鲁问张大人,在与三名朝廷大官围炉小酌、谈诗作对时,对出"雪暮赏梅疏见月,寒夜闻霜笑杀人"这样一副对子,上下两句竟是平仄失对的,根本不合格。同样犯有平仄失对弊病的还有古龙的"楚留香湖畔盗马,黑珍珠海上劫美"(《楚留香》)这样似对而实不对的句子,全失平仄音韵之美,读起来十分别扭。古龙写楚留香有两个好友,一名姬冰雁,一名胡铁花("胡铁"为"蝴蝶"谐音),三人笑傲江湖,纵横天下,故江湖中人称之为"雁蝶为双翼,花香满人间"。这两句写得还不错,只可惜"人间"的"人"字,与上句的"双"字平仄失对，读起来韵味不够，如把"人间"改作"世间"，这两句就完全合乎平仄了。梁羽生在新加坡作演讲时，认为写武侠小说的，"对中国的诗词要知道一些"，是不无道理的。不然在这方面不在行，却又要耍弄一番，结果便适得其反，示人以弱了。

《七剑下天山》与《牛虻》

　　读新派武侠小说，常可看到借鉴古今中外名著名篇的痕迹。如《萍踪侠影录》中写押解军饷的"神箭"方庆自吹自擂，大言不惭地表示要做同行的"秀才"孟玑的保镖，后来看到孟玑身上背有一把小黑弓，便取过来想炫耀本领，谁料出尽九牛二虎之力也无法拉得开。相反，孟玑却十分轻易地把方庆的五石铁弓拉开了，并发力把弓弦拉断。方庆大惊失色，却无可奈何，只好眼睁睁地看着饷银被劫走。这个情节，在明人宋懋澄的《刘东山》和清人李渔的《秦淮健儿传》中，都可以找到。明人凌蒙初《拍案惊奇》中的《刘东山夸技顺城门，十八兄奇踪村酒肆》则与此更为相近。又如《书剑恩仇录》写红花会头领文泰来和骆冰到铁胆庄避难，清兵搜庄时，庄主周仲英不在，其爱子被诱骗说出了文、骆二人的藏身地窖，导致文泰来被捕。周仲英回家后得知此情，觉得无颜以对朋友，在盛怒之下失手打死爱子。这一情节，也可在法国梅里美的《马铁奥·法尔哥尼》中找到原型，只不过马铁奥击毙爱子时，并非无意失手，而是有意惩罚。至于《大唐游侠传》中写到的红线、聂隐娘、空空儿等人的曲折离奇的故事，作者本人就清楚地表明是取材于唐人传奇的，因此书中有某些情节相似并雷同，就更不足为怪了。

但有些借鉴，学得太实太死，便露出明显的模仿痕迹。如《七剑下天山》，就是比较突出的一例。

《七剑下天山》中的主人公凌未风和刘郁芳的爱情纠葛，从整本书的结构上看，与外国小说《牛虻》中的亚瑟和琼玛的关系，颇有相似之处。《牛虻》中的亚瑟和琼玛，从小相爱，一起参加了青年意大利党的斗争。在斗争中，亚瑟因年少无知，误信神父卡尔狄的花言巧语，在忏悔时无意泄露了党的机密。琼玛得知亚瑟泄密后，愤怒地给了他一记耳光。亚瑟悔恨交加，再加上另一个意外的打击（他得知了自己竟是蒙泰尼里神父的私生子），使他愤而离开意大利，远走南美。离国前，他把帽子扔进达森纳船港的水里，假作投水自尽。十三年后，他变名为列瓦雷士（笔名"牛虻"），重回意大利。由于面貌大变，琼玛认不出他，但他的某些动作手势，却依稀是当年的亚瑟。琼玛多方试探，想证实他就是亚瑟，但牛虻始终不承认。后来牛虻表示：将来总会把一切告诉她。不久，牛虻被捕入狱，被判死刑。在被害前夕，牛虻写了一封信，托一个卫兵转交给琼玛，终于向她承认了自己就是当年的亚瑟。

《七剑下天山》中凌未风和刘郁芳之间的爱情纠葛，正与牛虻和琼玛相同。他们也是自小相爱，一起参加抗清斗争。凌未风被捕后也因年少无知，误中敌人的苦肉计，泄露了抗清总部的密址。刘郁芳也曾因此而给了他一记耳光。这时候，凌未风也是悔恨交加，他把鞋子脱在岸上，把长衫扔到水里，假装投钱塘江自尽，然后远走天山。十六年后，凌未风学得上乘武功，重返中土。也因改了姓名（凌本姓梁，名穆郎），面貌大变，刘郁芳认不出他，却从他说话时绞扭手指的习惯动作中，隐隐觉得他就是当年的爱侣。刘郁芳多方试探，但凌未风始终不吐真情。后来，凌未风也像牛虻一样，向刘作了这样一个表示：在他生命结束前，将会把一切都告诉她。最后，凌未风在西藏因旧病复发，失手被擒，囚禁在布达拉宫的密室中。这时，他自分必死，便托一卫士带信给刘郁芳，终于承认了自己就是当年在钱塘江畔失踪的那个孩子。请看，结构是多么相似啊！唯一不同的是凌未风却没有死，他后来被人救出来了。

《七剑下天山》不只在大结构上与《牛虻》相同，而且某些细节描写也极其相似。如凌未风和牛虻都是被爱侣打了一记耳光后假装投水自尽，然后远走异乡的；他们二人都在异乡染上了恶疾，每每在关键时刻旧病发作；他们重返故土时都是容貌大变，脸上留有难看的刀痕；二人的手指都有某种习惯性的动作；刘郁芳和琼玛身边都有一个虔诚的追求者（韩志邦和玛梯尼）；她们二人都会拿出凌未风和牛虻年少时的画像、照片来向对方作试探；二人都会极其内疚地向凌未风和牛虻吐露心曲，为自己当年那一记耳光而伤心；凌未风和牛虻听了之后，都会一度动情，但最后还是以冷漠的态度来做回答。如此等等。

《七剑下天山》是梁羽生的早期作品之一。在他的早期作品中，《龙虎斗京华》和《草莽龙蛇传》是最早的两部。但这两部小说，基本上用的还是旧武侠小说的写法，文字与情节都未够精彩，读来无甚新意，算不得新派武侠小说。《七剑下天山》则不同，在这部小说中，作者塑造人物，刻画心理，构思情节，渲染气氛，都颇有新意，可看出是有意识向外国小说学习的，虽然学得不够浑成，有明显的模仿痕迹，但作为新武侠小说的早期尝试，是颇为不错的了。认真地说，梁羽生的武侠小说，正是从《七剑下天山》与《白发魔女传》开始，才给人以"新派"的感觉！

《广陵剑》摘疵数例

很多朋友看过《广陵剑》后都说，此书从内容、结构到人物塑造，都远不如它的前集《萍踪侠影录》，笔者看后也有此同感。下面不谈大的，仅从小处摘疵数点，以见作者行文的粗疏。

例一：书中写张丹枫把两柄宝剑交给陈石星时说："我和她（指云蕾）是师兄妹，我这把长剑名叫白虹，她这把短剑名叫青冥，我和她合创了一套双剑合璧的剑术，黑白摩诃就是由于他们的双杖合璧被我们的双剑合璧打败，给我们收服的。"此处有两个地方与《萍踪侠影录》所述矛盾：一是宝剑名称不合，在《萍踪侠影录》中，张丹枫的宝剑名为"白云"，不是"白虹"；二是"双剑合璧"的剑术并非张、云二人所创，创者乃其师祖玄机逸士，张、云二人仅从他们的师父那里各自学得半套剑术，后来在与黑白摩诃相斗时，偶然联手抗敌，双剑合璧，始知其妙。

例二：《玄功要诀》一书，在《萍踪侠影录》中，说是彭莹玉所著，张丹枫得自苏州西洞庭山的地洞中；《广陵剑》则说是张丹枫所著，与前不合。或许张丹枫后来创有的内功心法亦名"玄功要诀"也说不定，但如此同名相犯，似亦不妥。

例三：陈石星与云瑚游漓江时，船入二郎峡，二人倚栏眺望"九马画山"的景色。陈石星道："你仔细瞧瞧，那九座山峰。是不是都像奔马？"陈石星此语大谬，"九马画山"并非指画山九座山峰似马，而是说它临江的巨大峭壁上，布满了各种颜色的石纹，远看恍如一幅巨画。这些石纹痕迹，历经千百年来的风雨剥蚀，酷似九匹骏马，故称"画山九马"。陈石星长于桂林，当不该把"画山九马"搞错。《广陵剑》的作者是广西人，照理也不该有此失误。虽然小说家言，可以虚构，但作者既然坐实是写漓江的"画山九马"，就不该把它写作九座山峰似九匹奔马，现在这样写，就使人觉得虚假了。

例四：《广陵剑》不放过任何机会引诗谈词，作者对诗词之道有兴趣，故在小说中多出现这方面的描写是很自然的，但征引太多，动辄谈诗，就使人生厌了。如陈石星所到之处，差不多都有此项内容：在昆明，与龙成斌谈大观楼长联；在大理，与段剑平谈文天祥的《念奴娇》词（书中称之为《关光月》词，不知何据）；返桂林，与云瑚谈杜甫咏桂林的诗；在漓江冠山，与葛南威谈辛弃疾、李清照的词；泛舟太湖时，又与云瑚谈姜白石、张孝祥的词；在西洞庭山上，陈石星与葛南威琴箫合奏，云瑚和杜素素分别以晏殊、苏轼的诗词伴唱，等等，触目皆是，不胜枚举。本来，谈诗说词偶然在武侠小说中点缀一下，是会增添一缕风雅的馨香的，但用得太多太滥，便适得其反，使人觉得作者有"抛书袋"之嫌了。

例五：《广陵剑》结尾以一阕《长亭怨慢》收束全书，词云："何堪星海浮槎去，月冷天山，哀弦低诉！盟誓三生，恨只恨情天难补。寒鸦啼苦，凄咽断，春光暮。旧侣隔幽冥，怅佳人，倚楼何处？凝伫，望昔日游踪，没入乱山烟树。凤泊鸾飘，算鸿爪去留无据。菩提明镜两皆非，又何必魂消南浦？且天际驰驱，寻找旧时来路。"此词句读及平仄多处不合，如"何堪星海浮槎去""菩提明镜两皆非"两个七字句，应是前三后四的句式，"恨只恨情天难补"一句，应是前四后三的句式，此三处刚好相反；又如"怅佳人"中之"佳人"二字，此处该用仄声，"望昔日游踪"之"昔日游踪"四字，刚好平仄调乱，等等。梁羽生对诗词的平仄、句读、押韵，均颇熟稔，绝非外行。此数处失误，或许是排印之失；如非排印之失，则是作者草率行文所致。由此可见，即使是熟谙诗词的老手，如果马虎大意，想当然地一挥而就，也是会出错的。

金庸、梁羽生作品的异同

谈起新派武侠小说，往往是金庸、梁羽生并称。

金、梁二人都嗜好下棋、金庸好围棋，在他的小说中时有写到围棋搏杀的，如《天龙八部》写虚竹和尚对"珍珑"棋局的拆解，先误打误撞地下子挤死自己一大块棋，然后取胜，就写得很有意思，非深知此中三昧者，难以有此奇笔。金庸与中国围棋界的名手都有交往，在他家中就曾接待过陈祖德和聂卫平，沈君山也曾在他的家中交流过棋艺。梁羽生对围棋、象棋都好，但似对象棋更感兴趣。他与已故的作家聂绀弩极有交情，且是棋友。二十世纪五十年代初，他到北京度蜜月时，就曾因与聂绀弩下棋杀得难解难分而冷落了旅馆中的新婚夫人，一时传为笑谈。他还善写棋话，写得趣味盎然，很有吸引力。

梁羽生在一九六六年曾化名佟硕之，写过一篇《金庸梁羽生合论》，分析二人作品的异同，其中有道："梁羽生是名士气味甚浓（中国式）的，而金庸则是现代的'洋才子'。梁羽生受中国传统文化（包括诗词、小说、历史等等）的影响较深，而金庸接受西方文艺（包括电影）的影响则较重。"这段话可以说是实事求是的，不管对别人还是对自己，褒贬得都颇有分寸，并非无的放矢。梁羽生极爱诗词，因此在他的小说中，可以时时接触到这方面的内容，如小说的回目，卷首卷末的诗词，都饶有韵味，至于小说中的随手引用古人佳句，以及侠客们的谈诗论词，就更是多得不可胜数了。金庸在小说中引用古人诗词没有梁羽生那么多，但所引用者大都十分精妙。金庸似对老庄哲学及佛学更感兴趣。他笔下的神奇武功，如"九阴真经""北冥神功""空明拳"等，就与老子、庄子的学说大有关系。在他的小说中，时见引用佛经的词语及典故，所写到的高僧大都能谈经说偈，绝非是只懂得念"阿弥陀佛"和"善哉善哉"的浅俗和尚。他有一部《天龙八部》，书名深奥难懂，用的就是佛经名词；而"拈花指""般若掌""龙象功"等武功，都是一望便知是出自佛经的了。金、梁两人都是既具有丰富的传统文化素养，又同时接受西方文艺的影响的，只是二人各有偏重，同中有异，形成不同的风格。梁的传统味较浓，既用章回体写作，又喜用旧式对仗工整的一联作回目；金庸则不喜使用旧式的回目，除了开头两部小说还是用对仗工整的回目之外，其余的小说回目，变化多样，绝不雷同。他喜用西洋文艺手法撰写小说，如《射雕英雄传》中写郭靖、黄蓉在牛家村密室疗伤那一大段描写，用的完全是舞台剧的场面和人物调度；而黄蓉在铁枪庙中面对群奸，套哄傻姑说出实话，找出欧阳锋、杨康杀人的证据，理出江南五怪的惨死过程，简直就与现代的侦探推理小说无异。金、梁两人所写的侠士豪杰，都强调"侠义"的一面，所谓"为国为民，侠之大者"，便是"侠义"的最高境界。他们都善于摄取特定的历史背景来铺演他们的故事，三分真，七分假，亦真亦幻，虚实莫测。在写到男女之情时，二人都是严谨正派的，既写得浓情蜜意，荡气回肠，却又绝无古龙等人那样夹有色情的描写。梁羽生的小说以"系列"取胜，各部小说之间的人物大都有或远或近、或纵或横的联系，形成独具特色的"梁羽生系列"。但总的看来，他的小说形式比较单调，笔法变化不多，情节也不够奇诡，多读了几部，便觉得有点一般化。金庸以创制篇幅巨大的大部头作品取胜，其最著者为"射雕三部曲"，另如《笑傲江湖》《天龙八部》《鹿鼎记》等，也都笔力遒健，奇情跌宕，波谲云诡，雄浑恣肆，远非常人所能及。金庸学兼中西，识见超卓，才情横溢，博大精深。他的《金庸作品集》已登上了武侠小说的高峰。他差不多已要尽了武侠小说的诸般"套路"，后继者必须别出机杼，另创新招，才能称雄。台湾的古龙识见及此，便以偏锋取胜，创制出无招式的武功，专写武侠推理小说，与金、梁鼎足而三，自成一副面目。他的小说，奇诡曲折处不让于金庸，但博大精深之处却是远为不及的。金、梁两人都是长篇胜于短篇，短篇因篇幅所限，未能展其才情，故不够佳妙。二人所知既广，所能亦多。梁羽生在塑造武侠之余，还善写棋话和文史随笔，都写得生动活泼，见其才情。金庸则能一手写天马行空的武侠小说，一手写严谨缜密的政治评论，双管齐下，各臻佳妙。

金庸与梁羽生并称新派武侠小说鼻祖。他们各以自己的才情学识，把旧武侠小说，推到了一个崭新的境界。他们借鉴西洋小说的表现技巧，运用新文艺的手法进行创作。笔下的人物，性格鲜明，血肉丰满，远非旧派武侠小说所可比拟。他们注重刻画人物的心理活动，注重描绘环境，渲染气氛，讲究文采，务去陈言，给武侠小说注入了不少清新的东西，使它有更多的文学艺术性，变得雅俗共赏，而呈现出新的面貌。金、梁二人各自以他们的作品，为新派武侠小说的确立作出了贡献。有人以"金梁并称，一时瑜亮"相诩，这是有道理的。

古龙小说商品化的弊病

武侠小说大多是先在报上连载，然后再出单行本，由于时间紧迫，免不了会思虑不周，出现前后矛盾及失去照应的地方。还珠楼主《蜀山剑侠传》中此类例子不少，梁羽生和萧逸也承认有此弊病（如和尚竟被抓住头发、人物莫名其妙失了下落等）。这些弊病，有些直到出单行本时才改过来，有些则依然不改。不改的作者，大概觉得修改一次不如多写一部划算，便懒得去修改了。

由于武侠小说商品化的倾向，作者从牟利出发，因此出单行本时，便不屑去修订原作；也同样由于从牟利出发，下笔时便不免粗制滥造，信笔所之，写到哪里算哪里。这一点，古龙的作品是颇为突出的。如《陆小凤》中《美人青睐》一章，标题与内容完全不合，文中亦不见有什么美人出现，纯属胡扯；《护花铃》中结尾一章《群奸授首》，并未见群奸如何授首，该书就突然结束了，显得有头无尾，失了交代，书未写完，便匆匆收笔；《楚留香》之第四集《蝙蝠传奇》，本是写楚留香摧毁江湖魔窟蝙蝠岛的惊险故事的，但书的开头，却无端以三分之一的篇幅，写了一段在掷杯山庄破解"借尸还魂"的故事，这段故事占了十二章，完全与蝙蝠岛无关，是可以独立另作一集的。再有，小说中公式化、雷同化的地方亦不少，如"最亲密的朋友便是最危险的敌人"这个公式，在他的作品中是时常见到的。又如在斟酒点烟时两人比拼内力的情节，以及假死的情节等等，在他的小说中也多次重复出现。古龙最喜欢推尊他书中的第一号人物，认为他的本领在世上是独一无二的；而这种对某人的推尊，竟连句式也差不多完全一样。如："世上若还有一个人能解决这件事，那必定就是楚香帅了！"（《楚留香》）"世上假如只有一个人能找到老伯，这人就是孟星魂！"（《流星蝴蝶剑》）"这世上假如还有一个人能替你们找回罗刹牌，这个人一定就是陆小凤！"（《陆小凤》）三句的句式何其相似，不同的只是换了一个人名罢了！

古龙的文字自有其特色，他善用短句，往往一两句就是一段：有时甚至一两个字也成一段。有人称之为散文诗的句法，也有人誉之为电影剧本式的写法。其实这种写法用得太多太滥，便变成了以牟利为目的了。本来是结构紧密的一大段的，用了这种写法，便变成分行排列的数小段，篇幅便明显地增大了。如下面《流星蝴蝶剑》的一段文字：

律香川似已被打得眼前发黑，连眼前这愚蠢的少年都看不清了。

也许他根本就从未看清楚过这个人。

他怒吼着，想扑过去，捏断这个人的咽喉。

可是他自己先倒下了。

他倒下的时候，满嘴都是苦水。

他终于尝到了被朋友出卖的滋味。

他终于尝到了死的滋味。

死也许并不很痛苦，但被朋友出卖的痛苦，却是任何人都不能忍受的！

连律香川都不能。

……

这段文字，句与句之间本来是接得很紧的，完全可以连在一起，成为一个段落，但为了排成散文诗的句式，便生硬地把文意断开了。这种把文意强行割断的"游戏"，还出现在章与章之间。在《楚留香》中就多次出现这样的情况：上一章结尾的对话还未写完就突然结束了，到了下一章开头又接着写这对话。这样写法，奇是够奇了，却显得全无章法，每一章的独立完整性，便被硬生生地破坏了。如《剑道新论》一章，写李玉函纵谈各家剑术后说："小弟就算能练成一套举世无双的剑法，但若遇见楚兄这样的内家高手，也还是必败无疑。"

该章写到这里，戛然而止。下一章《多谢借剑》的开头则接写："楚留香微笑道：'李兄太谦了！'"两章之间的结尾与开头如此安排，虽说是接得很紧，引人追看，但实在太随心所欲了。古龙随心所欲的行文，还表现在人物与情节的处理上，人物倏然而来。情节突然而变，均无线索可寻，只是心血来潮的纵笔，因此虽然写得奇诡曲折，但留下的疑点太多，感人的力量便大为减弱了。

武侠小说商品化的倾向，还出现在适应市井口味这一点上，书中时时添加一些莫名其妙的"色情"味精，以刺激读者的感官。在这方面，古龙的小说也是颇为突出的。古龙笔下的英雄人物，对两性关系是十分随便的。古龙笔下的正面人物，甚多此类风流浪子。假如他有哪一部小说竟然没有写这类内容，那就是特殊的例外了。古龙写情，时有邪气，并不如金庸、梁羽生那样严谨正派和荡气回肠，更远不是某些人所说的"能于刀光剑影中表现人性中最圣洁的至情至爱"。金、梁书中的青年侠士，虽也有三几个女孩子在身边打转，但决不会随便发生两性关系；即使写到男女欢好之事时，也只是点到即止，并不去着意渲染色情。这样的描写武侠，才是有益于世道人心的。

《甘十九妹》的几处败笔

    萧逸《甘十九妹》开卷先声夺人，气氛恐怖惨烈，紧紧抓住读者的心。在一个夕阳映着白雪的冬日傍晚，一个像吊死鬼似的红衣红帽人，领着一乘翠帘红顶小轿，出现在武林名门大派"岳阳门"的门前。轿中的少女甘十九妹姿容绝代，武功非凡，为报师门四十年前的一段宿仇，数日之间便使得"岳阳门"满门丧生，只有一名记室弟子尹剑平侥幸漏网逃出。尹剑平立誓要报此血海深仇，于是尹、甘两人之间的一段爱恨交织的情仇故事便由此衍生，最后以悲剧结束。中间的情节发展虽未尽如人意，却也比较曲折，可以一读。

    萧逸在一篇访问记中，曾指出一般的武侠小说常常流入一个俗套，就是："仇杀→孤雏余生→练成绝艺→复仇→坏人授首"这样一个公式。很可惜，《甘十九妹》于此也未能免俗，基本上就是按这个公式写成的。书中的尹剑平就经历了上述这个过程。

    除了流于俗套之外，该书另一个比较明显的不足是缺乏交代和照应。下面试举几个例子。

例一：晏春雷奉其父"黄麻客"晏鹏举之命，前往隆中"双鹤堂"，救援坎离上人米如烟，不料却命丧甘十九妹之手。晏鹏举与甘十九妹之师"丹凤轩主"水红芍武功不相上下，其子被杀，其信物"黄麻令"被毁，当是武林中的奇耻大辱，照理应寻甘十九妹报仇雪耻。但终《甘十九妹》一书，却没有写这个内容，这就不能不说是失了照应。

例二：晏春雷死前曾请尹剑平向未婚妻尉迟兰心转告二事，一是嘱咐她千万不要找甘十九妹报仇，以免白白送死；二是劝她改嫁，万不可无谓守节。尉迟兰心听了第一件事后，只是"冷冷地哼了一声"。当尹剑平再次述说甘十九妹如何厉害时，她大不以为然地说："我就不信这个甘十九妹真有这么厉害，早晚我会见着她，哼，那时候才叫她知道我的厉害！"从尉迟兰心的口气中，可以看出她是要找甘十九妹决斗，以报未婚夫惨死之仇的。但书至终卷，尉迟兰心却没有再出场。这两个女子既无见面的机会，自然也就不存在决斗了。既然如此，尉迟兰心这个人物是没有存在的必要的。作者大可不必写晏春雷有这个未婚妻。现在写了她，反显得前后失了照应，好像作者只是为了让读者去看一段女扮男装、错认夫婿的故事似的，实在没有必要。笔者还认为，既然作者不安排晏鹏举和尉迟兰心去为晏春雷复仇，晏春雷这个横加入内的"送命角色"，也是可以略去不写的。

例三：双照草堂主人吴老夫人与甘十九妹之师水红芍有杀夫之仇。吴老夫人精创"双照堂秘功"，用以破水红芍的"丹凤轩秘功"。此功仅传于尹剑平，而其子吴庆，因悟性不高，无缘习此秘功。吴老夫人死后，吴庆侥幸在甘十九妹手下逃生，逃生后便下落不明，失了交代。虽然吴老夫人并不期望吴庆能报父仇，只望他逃出生天，得保吴家一脉。但吴庆逃出后，必会千方百计寻访尹剑平，向他告知母亲的死讯。尹剑平得此讯息，也自必有所反应。遗憾的是书中却没有交代这些情况。吴庆像尉迟兰心一样，到了下册便销声匿迹，不再出现了。

萧逸曾在一篇访问录中，作了如下的表白："通常我都会在执笔之前，先行拟定一个开端比较壮烈精彩的故事，从此布下伏线，一步一步发展，但是很少想到如何结束，都是顺着内容自然的发展而收尾的。"萧逸这段表白，基本上是符合他的创作实际的。《甘十九妹》的开端就确实"比较壮烈精彩"，但由于写时"很少想到如何结束"，因此书中就出现上述一些失了照应和欠缺交代的情况，显得结构不够严密。他还公开承认有人批评他某些作品中的人物"莫名其妙的便销声匿迹了"。并解释这原因是在报章杂志上连载，受到篇幅的限制；有时候又由于人事的变动而影响了原定的计划，故此不得不草草结束，首尾便不能照顾周全。这样，所谓"顺着内容自然的发展而收尾"的美好愿望就落空了，小说结尾也就显得并不那么"自然"。

《甘十九妹》除了上述指出的缺乏交代和照应之外，书中有关"丹凤轩主"水红芍出场后的描写也使人大失所望。本来书内开头已着力写了甘十九妹的武功高强，机智过人，按照"其徒如此，其师可知"的道理推测，水红芍的武功与智谋，是理应不弱于甘十九妹的，料必与尹剑平有一场剧烈的恶斗。但使人兴味索然的是，水红芍与尹剑平只交手数招，便一命呜呼了！被吴老夫人誉为"当今天下还不曾有一个人能够是她的敌手"的水红芍，竟然如此窝囊。读书至此，真是无瘾之极。

再有，书中大写"灵性"的神秘玄妙，不可捉摸，阵势的奇异玄奥，莫测高深，以及漂亮的脸蛋可以使人淡化仇恨等内容，笔者都是颇有异议的；不过，这里就不深论了。

温瑞安笔下的魔幻
武功及其他

　　温瑞安以其专写捕快缉盗破案而独树一帜。他笔下的"四大名捕"，武功各有所长，均善侦破案件，可称是四名"武侠福尔摩斯"。"四大名捕"为冷血、追命、铁手、无情四人，四人的名字其实只是一个外号，这些外号是各自以他们的性格、武功、特长及办案手段而得来的。冷血剑快，追命腿凶，铁手臂硬如铁，无情暗器天下第一。四人身为官府中人，自然为官府办案；四人亦为武林中人，故亦替武林排难解纷，清除败类。四大名捕有时独立破案，有时联合破案，每个破案故事均有明显的独立性，合起来便成了四大名捕的系列式故事。

　　"四大名捕"系列故事，情节离奇曲折，往往案中套案，案案相连，一案才稍明朗，另一案又生，书中悬念迭起，读来颇有吸引力。在写法上，温瑞安采取古龙《陆小凤》《楚留香》的散件组合式写法，各个故事有相对的独立性。由于写的是四个名捕，可以轮番上阵，各领风骚，回旋余地很大。既可单写某一名捕的破案故事，也可合写两个、三个、四个名捕协同破案的故事，或分或合，或聚或散，均可按情节发展的需要而定。这是一个很聪明、很巧妙的写法。温瑞安的行文近似古龙，好用短句和对话，节奏短促跳跃，类似电影剧本式的写法。故事的背景也与古龙相似，是很模糊的，只知是写古代，但朝代很不明朗，因此书中有关的典章文物，大都是写得含含糊糊的。而当为小说中的人物胡诌几句诗词时，因为含糊不得，就时时露出马脚。如进士出身的鲁问张大人，连写对联要上下两句平仄相对的规矩都不懂，竟作出"雪暮赏梅疏见月，寒夜闻霜笑杀人"这样"出格"的句子来。另一个书中描写为"诗酒风流半生"，"可不是浪得虚名"的"文胆"霍煮泉更加"离谱"，吟出的"诗"简直狗屁不通，诗云："灯明酒如镜，弄蟾光作影，影下看芙蓉，含罊解罗裙。"霍煮泉此诗，平仄和押韵均未入门，诗意也甚劣，不知作者何以竟誉之为"精擅诗词"？温瑞安把故事的历史背景弄得模模糊糊，是聪明的；但自己不懂诗硬要为书中人物明明白白地吟几句出来，就很不聪明了。

温瑞安笔下的武功怪异，怪异到已入了魔道。有些武功简直已成了法术一般。如人能变形变色，幻变成树木、雪球的形状，转眼不见踪影；又能在土中穿行，恍似穿山甲一般；掌力能潜地而入，然后透地转出伤人；葫芦中能放出无形的"六戊潜形丝"捆人缠人；能以头发作箭，搭在弓上射人等等，真是如魔似幻，简直与《蜀山剑侠传》中的仙法妖术无异，而"颠倒乾坤五行移转大法"和"大须弥正反九宫大阵"，就更是直接取自《蜀山剑侠传》，只不过稍微改动一个字罢了。温瑞安笔下的武功，其实已是技击与法术的混合物了！位居"四大名捕"之首的无情，幼遭灭门惨祸，从小双腿被废，自腹以下空无一物。他既无内力，又无武功，但以手为足，轻功神妙，自成一家，远胜于有腿的人；而且所乘坐的轿子装满暗器机关，令人防不胜防，发暗器的手法更是独步天下。作者对无情的武功描写是颇为矛盾的。轻功是武功之一，既说他无武功，就不宜说他轻功神妙；发暗器是需要运力的，既说他无内力，就不该说他发暗器手法第一。无情仅剩上半截身子，却练成了震世骇俗的武功，其神异之处恍似《蜀山剑侠传》的绿袍老祖，虽然二人一正一邪，不可比拟，但两人均是仅有半身却神通广大，这一点是颇为相似的。

中国的武侠小说，从唐人传奇开始，便是按写实与幻想、武侠与剑侠两条线并行发展的，到了新派武侠小说家的笔下，由于"超武功"的出现，便把两条并行的线交叉在一起，在写实中添入怪诞之笔，极尽幻想夸张之能事，于是"成人童话"的色彩就越发浓厚。金庸、梁羽生等人在"神化"武功方面是走得很远的，他们笔下的武功已成了盖世神功，其神妙作用已远非"武功"二字所能概括。

温瑞安笔下的武功则走得更远，武功如同法术一般，武器恍似法宝无异，武侠的本领掺入了剑侠的神通，显得更加荒诞无稽，难以置信。可以说，新派武侠小说的后期作品，大多已是武侠与剑侠合流的产物。温瑞安的"四大名捕"系列故事，在这方面是最为明显的。

侠而不武的《虬髯客传》

　　杜光庭的《虬髯客传》，是唐人传奇中的一篇重要作品。梁羽生认为中国的武侠小说，就是开始于《虬髯客传》《聂隐娘》《红线》这类唐人传奇。金庸极推许《虬髯客传》，盛赞它写得虎虎有生气，堪称是中国武侠小说的鼻祖。他说："这篇传奇为现代武侠小说开了许多道路：有历史的背景而又不完全依照历史；有男女青年的恋爱：男的是豪杰，而女的是美人（'乃十八九佳丽人也'）；有深夜的化装逃亡；有权相的追捕；有小客栈的借宿和奇遇；有意气相投的一见如故；有寻仇十年而终于食其心肝的虬髯汉子；有神秘而见识高超的道人；有酒楼上的约会和坊曲小宅中的密谋大事；有大量财富和慷慨赠送；有神气清朗、顾盼炜如的少年英雄；有帝王和公卿；有驴子、马匹、匕首和人头；有弈棋和盛筵；有海船千艘甲兵十万的大战；有兵法的传授……所有这一切，在当代的武侠小说中，我们不是常常读到吗？"确实，所有这些作为武侠小说基本元素的内容，在这篇两千字左右的短文中都写到了，或人或事，或虚或实，都写得生动有致，令人百看不厌。

虬髯客是个充满侠气的人物。他中等身材，赤髯如虬。一出场就乘蹇驴而来，投革囊于炉前。革囊中装有人头和心肝。他说："此人天下负心者，衔之十年，今始获之，吾释憾矣。"但此人如何负心，文中却全没有写，留给读者去想象。虬髯客"衔之十年"，始终都不肯放过他，足见此人之该杀。但如何捉获杀之，文中亦没有写。《虬髯客传》只是写了侠气，却没有写武功，唯一有些武功味的，是写虬髯客"言讫，乘驴而去，其行若飞，回顾已失"。虽是寥寥数句，却可看出虬髯客的骑术是极其高明的。明末清初的岭南诗人陈恭尹有《题虬髯客图》一诗，诗中写道："九州可赠，百万何惜？骑驴出门，书生失色！"十六个字便概括出虬髯客的豪情侠气，末尾二句，写的正是"其行若飞"的惊人骑技。

《虬髯客传》主要写了三个人：雄才大略的虬髯客，不畏豪强的李靖，慧眼识英雄的红拂，合称"风尘三侠"。"风尘三侠"的故事，是画家们爱画的题材。据这故事写成戏曲的，明人张凤翼和张太和有同名剧作《红拂记》，凌蒙初有《虬髯翁》；今人则有昆剧《红拂夜奔》。《虬髯客传》一文在中国文学史上颇有地位，胡适称之为"唐代第一篇短篇小说"；鲁迅则说在唐人传奇中，此篇"流行乃独广"。郑振铎指出，清人陈忱的《水浒后传》，结尾写李俊等人到海外为王，是受了《虬髯客传》的影响的。梁羽生的《萍踪侠影录》，也有受此文影响的地方。书中写毕道凡与张丹枫弈棋赌画，以争天下；局未及半，即推枰认负，便正是从《虬髯客传》中受到启发而写成的。

梁羽生认为，武侠小说，有武有侠。武是一种手段，侠是一个目的，通过武力的手段去达到侠义的目的。所以，侠是最重要的，武是次要的。一个人可以完全没有武功，但是不可以没有侠。根据梁羽生这个见解，《虬髯客传》可称侠而不武的武侠小说，它与近世那些侠气少而匪气多，一味追求刺激的武而不侠的小说是大相径庭的。有人把这类武而不侠的小说写法，归结为如下一个公式：

一个心理不健全的人物，

为了要出人头地成为一个英雄，

因此忍受各种屈辱去练习武功，

然后四出挑战，逢人便杀，

同时跟许多女人搞了许多不正常的关系，

跟着，在情场和战场上频频受到挫折，

他的心理病更为厉害，

于是练的武功越好，

杀的人也越多，血腥味也越重！

按照这个公式"制造"出来的武侠，便成了杀人狂和色情狂。这样的武侠小说，红色和黄色都有了，看起来确是够刺激的。但缺少了侠气，不管如何够刺激，始终都是落于下乘。没有侠气的武侠小说，即使流行于一时，也是无甚价值的。

"三言""二拍"中的侠客

　　"三言""二拍"等拟话本小说中有不少写侠客的故事，这些侠客五花八门，有正有邪。《醒世恒言》卷三十《李汧公穷邸遇侠客》中的无名侠客，是一个鲁莽糊涂者。他虽有行侠仗义之心，却险些误杀了好人。此篇据李肇《国史补》的故事铺演而成，里面写唐代李勉（汧公）任京兆畿尉时，曾释放了一个盗贼，后来罢官出游至一县，见那盗贼竟成了该县县令。县令初时对李勉厚加款待，想好好报答他。不料受了恶妻的撺掇，竟恩将仇报，编了一套谎话，骗请一个侠客去杀掉李勉。幸好李勉在客店中向仆人及店主诉说县令的忘恩负义时，被躲在床下的侠客听到，不然李勉就要头颅搬家了。文中写这个侠客"极有义气"，"能飞剑取人头，又能飞行，顷刻百里"，是红线、聂隐娘式的剑侠，但由于只听一面之词便勃然大怒，四肢发达，头脑简单，险些酿成大错。这样的侠客纵有惊人剑术，也只不过是糊涂人一个罢了。

《喻世明言》卷十九《杨谦之客舫逢侠僧》一篇，里面的僧人全无侠气，不知何以得此"侠僧"美名？故事说这个僧人搭船去武当烧香，在船上骚扰所有搭客，只对去贵州安庄任知县的杨谦之友善，原因是杨对他极有礼貌。为此之故，僧人为杨谦之安排了三年的平安和富贵，弄来一个会法术的美女，作杨的保镖兼夫人。这个美女，也果真多次救了杨的性命。杨谦之做了三年官，搜刮得不少财物，"宦囊也颇盛了"，便卸任离去。这时，那僧人又出现了，由他来议分这笔"宦资"：杨谦之取六分，美女取三分，僧人自取一分。僧人如此作为，不知何以配称"侠"？简道就是一个坐地分赃的歹徒。这僧人一出场就邪气十足。他在船上"要人煮茶饭与他吃"，对不满他的人要弄法术，叫人"出声不得""动手不得"，一副恶棍嘴脸。他弄来别人的妻子暂充杨谦之的保镖兼夫人，实在伤天害理。如此贪婪、凶恶、胡作非为的贼和尚，实不明作者何以会称之为"侠僧"，真令人百思不得其解。

《警世通言》卷二十一之《赵太祖千里送京娘》，是人们熟悉的故事。故事写赵匡胤在他叔父的道观里，发现有一个美女京娘被土匪从远处掳来，他仗义护送京娘归家，沿途打杀众多贼人，显示了他的英雄气概。在长途跋涉中，京娘对他产生了情意，鼓起勇气向他表白。但赵匡胤毫不领情，反而责备了她一番。抵家后，更因京娘父亲在席间提出婚姻之事，他大发雷霆，打翻酒席，一怒而去。

弄得京娘羞愧难当，悬梁自尽。赵匡胤是一个矫情的侠，他为了要显示自己护送京娘纯是仗义，别无所图，因此态度极其生硬，毫不考虑京娘的尴尬处境。每一言及婚事，他便生气、发怒，甚至拂袖而去。貌似铁性汉子，却是违反人情的。作者如此处理，正是要表明赵是真命天子，故有此异乎常人的举动。作者在文中就特意以一个神人化身的白须老者预言过去未来的吉凶祸福，暗示赵匡胤他日必登帝位。赵之爱惜名声而无意家室，是与此有关的。非常之人必为非常之事。赵匡胤如此矫情，是作者有意为之的，意在捧高这个未来天子，歌颂他不为女色所囿，不愧英雄豪杰本色。殊不知这矫情之笔实是败笔，读者读到最后，对赵匡胤便产生反感了。

《拍案惊奇》卷四之《程元玉店肆代偿钱，十一娘云冈纵谭侠》，故事内容正如题目所概括的一样。程元玉在一个酒店中代韦十一娘偿了酒钱，韦十一娘感其恩德，相面知其有难，便命弟子青霞于半路相救，救后同返其庵。韦十一娘与之纵谈剑侠剑术，大发了一番议论。她从黄帝时谈起，指出历史上一些著名刺客，大都是懂剑术的。而学剑术者，必须谨守其诫，大略是：不得妄传人，妄杀人；不得替恶人出力害善人；不得杀人而居其名，等等。所诫自是正理，但能否做到，则不可知了。韦十一娘否定剑侠有报私仇的权利，声言所诛杀的都是大奸大恶的贪官污吏权臣悍将，重者径取其首领及其妻子，次者则断其咽喉或伤其心腹。而对猾吏、土豪、忤逆之子、负心之徒等，则认为"自有刑宰主之""雷部司之""不关我事"。但官府之处置是否公正有理，却全然不管了。韦十一娘是红线、聂隐娘一流人，她鄙视寻常武艺，推许隐娘辈"其机玄妙，鬼神莫窥，针孔可度，皮郛可藏，倏忽千里，往来无迹"的神功奇技。她居于深山，以"救世主"自居，不时派遣弟子下山做"公事"，除去她定为必诛的贪赃枉法之徒。此篇故事性不强，写韦十一娘谈论剑侠的道义及其发展，占了不少篇幅。作者把儒家的道德与道家的剑术糅在一起，自以为"从古未经人道，真是精绝"，但满篇说教，索然无味。说者虽眉飞色舞，口若悬河，读者却觉冗长枯燥，面目可憎。文中除了韦十一娘的徒弟表演剑术时有一些武侠打斗的动感之外，其余便是静听韦十一娘那枯燥无味的讲课，实在乏味之极。

《醒世恒言》卷二十二的《吕洞宾飞剑斩黄龙》，写仙佛斗法的故事。道士飞剑厉害，和尚佛法无边，斗得颇为热闹。但事属荒诞，远离人间真实，反不及一般侠客打斗好看。倒是《拍案惊奇》卷三之《刘东山夸技顺城门，十八兄奇踪村酒肆》，写武艺之道，山外有山，深含戒骄戒满之理，使人读后大有所得。《二刻拍案惊奇》卷三十九《神偷寄兴一枝梅，侠盗惯行三昧戏》之懒龙，妙手神偷，是《水浒传》中时迁一流人物。故事中虽没有写他武艺超群，力敌万夫；但他机敏灵巧，精通口技，能飞檐走壁，具有上乘的轻功，也非等闲之辈。懒龙游戏人间，专事劫富济贫，最喜惩罚贪官污吏，

"虽是个贼，煞是有义气"，故文中称之为"侠盗"。"盗"而称"侠"，是意味深长的。懒龙的所作所为，充满侠气，是个可亲可爱的人物。后世武侠小说中不少游戏人间的奇侠，大都可以看到"惯行三昧戏"的懒龙的影子的。

"三言""二拍"中的侠客，有莽撞的，有矫情的；有的侠气纵横，有的邪气十足；有不食人间烟火的剑仙，也有游戏人间的侠盗。形形色色，不胜枚举。

明清武侠短篇杂谈

· 一山更比一山高

武侠小说中的人物，武功最高者，常常在小说的中、后部分才出场。小说一开始就显示出本领非凡的侠客，往往是二三流货色。如《射雕英雄传》中的丘处机，一出场就声势赫赫，观其掷接铜缸、赌酒豪饮，端的身手不凡，力敌"江南七怪"时，更是占尽上风。但随着书中情节的发展，到了后半部，丘处机的武功却最多只能算是第三流水平。与黄药师、洪七公等一代宗师固然无法相比；与梅超风辈相较，也是大为逊色的。这种"山外有山，人外有人"的情况，在古今武侠小说中，可以说是触目皆是的了。

明人宋懋澄《九籥集》中，有一篇《刘东山》，写的正是这种"一山更比一山高"的武林现象。刘东山原是个捕快，擅长射箭，后卸职行商。平日喜欢自吹武艺高强。一日贩卖骡马归来，途遇一个侠士打扮的少年，乃结伴同行。少年有意让刘东山出丑，叫他拉自己的一把重弓。刘东山出尽全力，连半月形也拉不到。但少年却不费气力地便把刘东山的硬弓拉成满月状。刘东山暗暗吃惊。后来少年露出本来面目，发箭向刘东山左右耳旁射去，箭箭惊险，但不伤他性命。少年胁迫刘东山留下腰间骡马钱，始放他离去。刘东山受此挫折，从此不敢言武，遂与妻子在村郊卖酒为生。三年后的一个冬日，有十一个身带武器的壮士到刘东山的酒店饮酒。为首的一个年纪最轻，尚未成年，众人称他"十八兄"，对他十分恭敬。刘东山认出其中一个正是当年劫他骡马钱的少年，惊惧不已。那少年却热情地走过来和他打招呼，并解说当年劫夺他的钱财，乃是遵同伴之命，惩戒他的自我吹嘘，今当以十倍数目偿还。当即捧出千金，令刘东山收下。刘东山邀众人住宿流连，众人请示过"十八兄"后，答应住下。这"十八兄"食量甚豪，别宿对门一处。夜间独出，不知所往，天明始归。终不至刘东山家，亦不与十人言笑。从众人对他恭敬唯命的态度看，这"十八兄"当是众人中的首领，武功必是最高强的。只可惜终篇未见他一显身手。凌蒙初《拍案惊奇》中的《刘东山夸技顺城门，十八兄奇踪村酒肆》一文，便是据宋懋澄《刘东山》改写而成。凌蒙初只是把文字改成通俗一些，以符合拟话本的需要，但大小情节俱没有改动，读起来反不及宋懋澄原文有味。清人李渔的《秦淮健儿传》，内容与《刘东山》极相似，但叙事、铺衬和文章结尾，都胜过《刘东山》。李文开头极力写秦淮健儿孔武有力，每斗必胜，"纵横天下三十年，未逢敌手"。后却写他受屈于一少年后生，情节与《刘东山》相似。李文结尾部分比《刘东山》精彩，补了宋文的不足。李渔把《刘东山》中的"十八兄"改为一个梳丫角髻的小童"十弟"，并让他施展本领，"以两手抱株，左右数绕"，把一棵粗可合抱的大枯树拔倒，功力较那少年后生尤胜。秦淮健儿经过两番挫折之后，明白了"一山更比一山高"的道理，从此便绝不与人斗力了。

《聊斋志异》中有一篇《老饕》，写一绿林出身、能挽强弩的邢德，先被老叟戏弄，后受小僮折辱的故事，亦与刘东山事相似。当邢德发箭相射时，老叟脱左靴，仰卧于马鞍上，伸左足，开二趾如钳，把来箭夹住。邢继发连珠箭，老叟手掇其前箭，口衔其后箭，伪作中箭坠马。邢德大喜靠近，老叟则吐箭而起，鼓掌大笑。老叟这一番怪异举动，常为后世武侠小说所本。武侠小说中的武林怪杰，常有游戏人间之举，其所作所为，盖与这老翁差相仿佛。当邢德后来劫得千金时，又被随侍老翁的小僮追上，强要瓜分。邢不肯。小僮则以神力断其硬弓，赤手擒之，取金后扬长而去。这种江湖上"黑吃黑"的情况，后世武侠小说中也是常常见到的。《聊斋志异》中另有一篇《武技》，写一个名为李超的，随一少林僧学得高超武艺，走南闯北，未逢敌手。一日，在历下遇到一个卖艺尼姑，李超技痒，下场与她相搏。刚一交手，尼姑便问李超从谁习武，李超答后，尼姑愿拜下风，不肯再交手。李超坚请，尼姑勉强与之周旋，稍斗即止。李超年少喜胜，固请再斗。当李超起脚相踢时，尼姑并拢五指下削其腿，李超如中刀斧，当即倒地不起。这也是一个"强中更有强中手"的故事。

从刘东山、秦淮健儿，到邢德、李超，都是自恃武艺高强，好勇斗狠，而大吃苦头的。明清笔记小说中，甚多此类故事。新旧武侠小说中，也极喜欢写这类"山外有山，人外有人"的内容。人们在读武侠小说时，如能领悟到"一山更比一山高"的道理，从而时时警惕骄傲自满、狂妄自大的情绪产生，是不无好处的。现实生活中甚多恃强生骄而招致失败的教训，"武侠栽跟斗"只不过是其中一个事例罢了。

· **惩恶锄奸**

惩恶锄奸，是武侠小说中的主要内容。从唐人传奇到宋人话本，以至明清小说，都甚多此类故事。明清武侠短篇中亦不乏此类佳作。

《虞初新志》有一篇徐瑶所撰的《虬髯参军传》，记述了一名虬髯参军相助一名公子，以武力震退恶僧的故事。这公子奔走宰相之门，从京师携三千金归家，路遇一个凶僧，宿于同一旅店。公子恐囊中金被凶僧劫去，十分惊慌。同投此店的虬髯参军得知此情，便取过凶僧的铁扁拐，屈成环状，后又使之复直。凶僧自忖不敌，狼狈而逃。数月后，虬髯参军应约往访公子，饭后演试武技。虬髯参军站在门槛上，命数十人来撞，他动也不动。后来又竖起两只手指，分别用绳子在指上各缠一圈，叫几个大力士用力在两头拉，两指坚硬如铁，竟不能移动半分。虬髯参军与这个公子本来一见投契，但当公子显示自己与当朝宰相熟悉，并劝他投靠官府，去剿杀"盗贼"时，他便一笑离去。这位虬髯参军，天生神力，身手不凡，为人正直，爱憎分明，是个可敬可爱的人物。文章开头极力写他的神威勇武，写他与公子的一见如故，结尾却出人意料地写他飘然而去，戛然而止，余味无穷。

王士禛《池北偶谈》中有一篇《剑侠》，写某中丞派差吏把搜刮得的数千金送往京师，半路宿于古庙，天明则金子全失，但门锁却无丝毫毁损，不知如何失去。差吏归报中丞后，便到失金的地方四出查勘，却一无所获。后得一盲老头指点，走了数日，辗转数百里，来到一间华贵大宅前。入内则见到所失之金原封不动，赫然在目。宅中一个有王侯气派的伟男子对他说，那些金子不能拿回去，但可以给他一封信带回去向中丞交代。信中斥责中丞贪赃枉法，并问他是否忘了某月某日夜半他妻子被削去三寸头发之事。中丞看罢此信，大惊失色，便不敢再追讨这些金子了。此篇与前篇不同，虽然同是写武侠，却全无打斗较技的描写。伟男子的"盗金"与"削发"，仅从侧面写来，但他来去无踪的神妙轻功已跃然纸上了。伟男子盗金之举乃为惩罚贪官，这是大快人意的。蒲松龄《聊斋志异》中有一篇《王者》，故事内容与此完全相同，只是文字叙述有异，想是王、蒲二人俱是取之同一传闻，故有此惊人的巧合。

朱梅叔《埋忧集》中的一篇《空空儿》，是写一位女侠的。此女侠乃一妙手空空儿，为惩巡边大吏黄太保的贪赃枉法，故盗去其颈上宝珠数颗。黄太保责命地方官追缉。地方官派人四处搜索，了无踪影。他只好亲自微服出访。一日，地方官看到一个红衣少女上树下树，矫捷如飞，便尾随跟踪。穿过一个洞穴后，便见有茅屋数间，一个老妇正在灶头洗涤厨具。老妇认识地方官，问他何以来此。地方官便把实情相告。老妇说这是她女儿所为，当命她在明日午后把宝珠送返，到时可去报恩寺塔顶取回。太保得此消息，既惊且怒，命人埋伏塔下，准备射杀送珠者。第二日中午，在众目睽睽之下，忽见一道红光，闪电而过，宝珠已挂于塔顶。虽然塔下万箭齐发，人已踪迹不见。兵卒攀上塔顶，取下宝珠。宝珠上系着一封自称是"空空儿手缄"的信，信中历数太保到任以来的种种罪恶，并说此次盗取宝珠，只是聊作警告，若再执迷不悟，小心脑袋搬家。太保读罢此信，毛骨俱悚，贪暴行为从此有了收敛。此篇空空儿之盗珠，与上篇伟男子之取金，目的完全相同，都是为了惩戒贪官。但此篇写空空儿送宝珠至塔顶，是从正面明写，与上篇侧写伟男子盗金和削发不同。"忽见一道红光，瞥如飞电，而数珠已挂于顶。一时万弩俱发，渺然如捕风影焉。"空空儿具此神妙轻功，既贪且暴的黄太保焉敢不有所收敛？

与《剑侠》《王者》和《空空儿》主题相同的，还有一篇《瞽女琵琶记》。此文为吴陈琰所撰，见之于《虞初续志》。文中写金陵有一个双目失明的漂亮女子，终日挟着一个琵琶，以占卜为生。她行踪飘忽，没有固定的住所；晚上单身出行，也不用别人护卫。曾有人看到她在积水路上行走，步履如飞，鞋袜一点儿也没沾湿。城中有一个朝廷贵臣，平日贪婪淫逸，他得知盲女长得漂亮，便派人四处搜觅，但一直都找不到她。有一天夜半，贵臣住宅的四周都响起琵琶声，时前时后，时大时小，吓得贵臣一家心惊肉跳，无法入睡。到了天明，半空中突然落下一个琵琶，砸在贵臣的床上。琵琶碎裂开来，露出里面的一封信。信中警告说："现在天下骚乱，百姓陷于水火之中，你身为朝廷大臣，不思保国安民，却一味荒淫享乐，胡作非为。我虽是一个弱女子，但取你的头颅是不难的！"贵臣看罢警告信，终日惶恐不安，再也不敢派人去打探盲女的行踪了。这位手抱琵琶的奇女子，身怀绝技，却双目失明，为后世武侠小说提供了一个特殊的典型。新旧武侠小说中那些身有生理缺陷（如盲眼、断臂、驼背、跛脚等）却武功不凡的高手，恐怕就是从这琵琶瞽女

　　　　　　　　　　　　　　武侠小说史话

中受到启发而塑造出来的。

在这类惩恶锄奸的武侠短篇中，魏禧的《大铁椎传》和乐宫谱的《毛生》，写侠客夜半杀贼的场面最为精彩。大铁椎客人杀贼后大呼"吾去矣"三字，豪气万丈，如闻其声。毛生以一柄铁伞，于舟中击毙群贼后，亦大呼"吾去矣"，一跃而逝。这两篇颇有相似之处。文中的大铁椎客人与毛生，俱非一介武夫，前者"甚工楷书"，且有识见；后者能上京应试，"其文允称杰构，书法亦矫健非常"。两人均是文武全才式的侠士，却得不到国家重用，只能游侠江湖，使人深为惋惜。

锄强扶弱，警恶除奸；路见不平，拔刀相助。这是侠客们应有的美德。上面几则故事中的虬髯参军、伟男子、空空儿、琵琶瞽女、大铁椎客人和毛生，都是能达到这个道德标准的。近世优秀的武侠小说，也自然离不开颂扬这类见义勇为的侠客。金庸、梁羽生笔下的正派武林人物，大都具备这种美德。但有些武侠小说的作者，为了塑造性格怪异的武侠形象，往往把人物弄得忠奸不分，邪正不明，亦善亦恶，亦好亦坏，甚至为求情节出人意表，竟连最亲密的朋友，也可以突然把他写成阴谋分子。这样写，人物性格确实够奇了，情节的突变也确使人想象不到。但这样任意编造的武侠，距离侠义的标准就远了。

平江不肖生与《江湖奇侠传》

中国自二十世纪二十年代以来，武侠小说极为流行，作者多达一百七十一余人，如平江不肖生、顾明道、陆士谔、姚民哀、汪景星等人，所写的武侠小说都在十部以上。其中平江不肖生的《江湖奇侠传》影响最大，流行最广。从一九二三年起，这部小说先后在《红杂志》和《红玫瑰》周刊连载，后来由明星影业公司截取其中片断，改编摄制成电影《火烧红莲寺》，曾经风靡一时。后又绘制成连环图，影响越发巨大。差不多人人皆知有金罗汉和红姑（两个都是《火烧红莲寺》里的重要侠客），一谈起来便兴致勃勃。

撰作《江湖奇侠传》的不肖生，原名向恺然（1889-1957），湖南平江人。其人身材顾长，曾先后两次东渡日本留学。留学期间，他目睹了留学生中形形色色的丑恶现象，遂写成《留东外史》一书。初时这部书稿卖不出去，后来有人以廉价买下出版，销量甚佳，于是人皆知有不肖生其人。据说不肖生这笔名，有一段小故事。一九

○八年，向恺然留日期间，他祖父不幸逝世。祖父临终遗命，要他以学业为重，不必回国奔丧。他闻讯于当晚写了一篇祭文，在郊外望空遥祭。并于第二天写信给父亲，表示谢罪。信末说及此次没有回家尽孝，深为内疚，特为自己取个写文章的笔名，叫"平江不肖生"。这就是不肖生一名的由来。

不肖生在日本时认识武术家王润生，曾向他学拳。回国后与不少武林中人都有交往，彼此切磋技艺，武功大进。一九三一年回长沙，任湖南国术训练所秘书，后又兼国术俱乐部秘书。曾筹办过湖南省第二届国术考试，对推广武术起过积极的作用。一九三一年冬，曾离湘赴皖，在安徽工作和生活了一段时间，曾任二十一集团军总办公厅主任，兼省府顾问及安徽大学教授。一九四八年返湘，任省政府参议，后于一九四九年随程潜将军起义。一九四九年后，任湖南省文史馆馆员，后又任省政协委员。一九五六年，国家体委主任贺龙元帅电邀他赴京担任全国武术观摩表演大会的评判委员，并亲切接见他，希望他写一部《中国武术史话》。他当即高兴地答应了，计划写一百万字。很可惜，在他正要动笔之时，便于一九五七年突然病逝。不然，以他特有的文才与武功并秀的好条件，这部书是一定写得很吸引人的。

不肖生写完《留东外史》后，曾一度意志消沉，染上了抽鸦片的恶习。后来，"鸳鸯蝴蝶派"的包天笑在上海找到他，约他为《星期》周刊写稿，他答应写一部《留东外史补》，并写一部《猎人偶记》。这《猎人偶记》写得很有特色，因为他曾在多虎的湘西居住，常与猎人接触，听到很多打虎猎豹的奇闻趣事，因此描写起来，栩栩如生，远不是一般洋场才子所能企及的。

这时，世界书局的老板沈子方看到言情小说在上海已开到荼薇，便想改换口味，出版武侠小说。他得知不肖生既懂武术，又善著文，便以高稿酬把不肖生包下来，要他专为世界书局写武侠小说，不得为别家书局写。于是《江湖奇侠传》便先后在世界书局出版的《红杂志》和《红玫瑰》周刊上连载了，其后结集出书，一集、二集……层出不穷，一直出到第九集。第九集后，为另一人所续写，文笔远逊于不肖生，读者很不满意。

如开头所述，当明星影业公司根据《江湖奇侠传》中的精彩片断拍成《火烧红莲寺》后，武侠小说和武侠电影就出现了盛极一时的局面。当《火烧红莲寺》放映时，影院里拍掌、叫好之声不绝，观众处于极度的狂热之中，特别是由女明星胡蝶饰演的红姑从天而降时，观众更是起劲地狂呼喝彩。茅盾曾在一篇文章中谈到这件事，他说："如果说国产影片而有对广大的群众感情起作用的，那就得首推《火烧红莲寺》了。"与电影互为补充的是连环图《火烧红莲寺》。连环图当然比电影简陋得多，但那风靡人心的力量依然不减。看过《火烧红莲寺》影片的人们，依然喜欢从那简陋的连环图中去温习他们梦想中的英雄好汉。在没有影剧院的乡镇，这《火烧红莲寺》连环图，就起了替代影片的作用。

在《江湖奇侠传》中，除了那些飞剑法术的内容之外，据说大部分故事都有它的来源，或取自清人笔记，或取自民间传说。如书中的杨继新及桂武二故事，就采自清人沈起凤的《谐铎》；书中写及的浏阳、平江的械斗，张汶祥刺马与向乐山寻仇等故事，就取自民间传说。听说这类传说故事，当地至今还有人辗转承继着父辈的传述而津津乐道。

《江湖奇侠传》虽然风靡力大，但飞剑法术之类的内容却是极其荒诞的。不肖生另有一部《近代侠义英雄传》，却是一部很好的技击侠义小说。这部书受欢迎的程度虽不及《江湖奇侠传》大，但书中梦呓较少，所写的人物距离现代不远，所记载的事迹，十之八九都是武术家们认可的。作者自己是一个武术家，写起来中规中矩，因此虽受真人真事限制，也还是写得十分生动的。此书写法与《江湖奇侠传》相同，都是采取由一个故事引出另一个故事的集短篇而成长篇的方法。书中的大刀王五、霍元甲、赵玉堂、山西老董、农劲荪和孙禄堂等等人物，都是确有其人的。其中人称"活猴"的孙禄堂，曾先后击败俄国大力士和日本武士，为国扬威，直到一九三三年去世。大刀王五和霍元甲等人，均有后代在国内。

白羽的人生悲剧

　　《十二金钱镖》的作者白羽本无心写武侠小说，却以这一部作品成了著名的武侠小说家。这是他始料不及的。

　　白羽原名宫竹心，出生于官宦之家，因家道中落，只得卖文为生。他懂英文，能译小说，在专事写武侠小说前，曾做过书记、邮员、税吏、教师、局员，又从军当过旅书记官，在穷途末路之时，也做过小贩，卖过书报。他性情有点孤僻，脾气很大，对朋友热情，可是好顶嘴抬杠。他在税务局当小职员时，会被人疑为有盗窃行为，后来真犯被破获了，他的嫌疑得以洗刷，心里却留下一个深刻的创伤。从此他一改过去办事认真、对人郑重的态度，变得嬉笑怒骂，调皮喧闹；人们却反而觉得他诙谐可笑，倜傥可亲了。

　　白羽本有志于文学事业，极喜欢从事文艺创作。他读中学时，便在《述志》的作文中，表达了他日后"讲学著书"的理想。他曾有幸得到文坛巨星鲁迅先生的热情鼓励和指导。鲁迅曾多次推荐他的小说和译作到报刊上发表。如果白羽循着这条道路走下去，他定会在新文学的阵地上作出贡献的。但是造化弄人，家庭生活的重担迫得他背离了自己的志向，他不得不违心地写自己一向不愿意写的武侠小说。

抗战前夕，白羽在霸州的简易师范学校任教，班中有一学生因看武侠小说入迷，想到峨眉山寻师学武而离家出走。此事震动学校。白羽的好友兼校长叶冷，便命他用一个月时间读武侠小说，读后在学校大会上作一演讲，以纠青年学生之失。白羽经过充分准备后，在会上作了精彩的发言。他大声疾呼地说，那些长卧在烟榻上的文人，在口喷烟雾之余所冥想出来的剑侠与武功，是极其荒诞的。世上既无耸身一跃可上半空之人，亦无口吐一道白光取人性命之事，青少年万不可信以为真而入山学剑。但白羽万万没有想到，当他在霸州慷慨激昂地声讨武侠小说之后不到一年，他自己就在天津写起武侠小说来了。这一部武侠小说就是名噪京、津的《十二金钱镖》。而促成白羽写武侠小说的，却是曾经动员他登台演讲痛斥武侠小说的叶冷。当时华北已沦于日寇之手。日本侵略者对报刊杂志控制甚严，凡有抗日言论者悉被抽出，且迫害进步作家。白羽别无所长，只有手中一支笔可以谋生。但他不愿写歌颂"王道乐土"的汉奸文章，便只好听从叶冷的劝告，去写那既不歌颂侵略战争，又不宣扬色情凶杀的武侠小说了。于是他去找擅写技击武侠小说的郑证因帮忙，共同撰写《十二金钱镖》。郑证因帮他修改了前三章的武打场面后，因去北京谋事，便留下几本拳谱剑谱走了。白羽只得硬着头皮独力完成《十二金钱镖》。他对武术外行。但对人情世态却感受甚深。因此在《十二金钱镖》中，他扬长避短，不多写武侠打斗场面，而着意通过武林中的恩恩怨怨，去刻画人间百态。这种着意以武侠故事来反映世态人情的写法，是白羽小说的基本格式，故有人称之为"社会武侠小说"。由于白羽受过鲁迅先生的教导和影响，他本人又译过外国小说，具有新文艺写作的基础，因此同是写武侠小说，他的作品是比较切合人生，能够反映出一定的社会现实的。

《十二金钱镖》写"飞豹子"袁振武因不忿师弟俞剑平被越次选为掌门人，而且自己一向钟情的师妹丁云秀又嫁与俞剑平为妻，于是怒而离开师门，远走辽东。二十年后，练成高深武艺，乃纠众劫镖，以雪宿怨。本已闭门封剑的"十二金钱"俞剑平只得拔剑出山，纠集众镖客四出寻镖。终于侦出盗踪，定下六路排搜之计。而飞豹子亦布置罗网，诱捕诸镖客。最后激起群雄一场恶斗。这场恶斗，后因官军突然介入而暂告结束。但飞豹子误以为俞剑平勾结官府，有违江湖规矩，竟至仇恨越结越深，直到书之终卷，仍未得解。俞剑平后虽寻到镖银，但已被沉入射阳湖底。经多方打捞，仍未足全数。所失部分，只好作赔了。书中"豹"踪飘忽，扑朔迷离，情节极具吸引力；而人物刻画颇细，个性突出，令人印象甚深。如飞豹子的神出鬼没，狡狯多智；俞剑平的侠气纵横，精明老练；黑砂掌的玩世不恭，幽默风趣；九股烟的色厉内荏，小人心性，都写得栩栩如生，跃然纸上。叶冷认为白羽的《十二金钱镖》虽是投时俗之所好，但到底与其他武侠小说不同。第一，他借鉴于法国的大仲马，描写人物很活，所设故事亦极近人情，书中的英雄也都是人，而非"超人"；好比在读者面前展开了一幅"壮美的图画"，但非神话。第二，他借鉴于西班牙的塞万提斯，作武侠传奇而奚落侠客行径，如有关"行侠受窘""学武受骗"的描写，就很有堂·吉诃德的影子。所以他的故事外形虽旧，但作者的态度、思想、文学技巧，却是清新的，健全的。至少可以说他的武侠著作是无毒的传奇，无害的人间英雄画。从借鉴于外国文学和以新文艺手法写武侠小说这一点看，白羽在二十世纪三十年代是很了不起的。他的作品可以说是为今日港、台盛行的新派武侠小说开了先河。香港新派武侠小说家梁羽生就自认最初写武侠小说是受白羽影响的。

白羽的最后一本武侠小说《绿林豪杰传》，写于二十世纪五十年代中期，曾在香港报纸上连载。这本既描写农民起义，又夹杂技击武打的小说，既不像武侠小说，也不像历史小说。据当年与白羽经常接触的《泪洒金钱镖》的作者冯育楠说，白羽认为自己这部"新作"，是他自写武侠小说以来写得最辛苦的一部。他苦笑着说："写武侠小说，还要有进步意义，有阶级斗争，这样的书太难写了。我这一辈子，写了几十部书，水平怎样，我不敢说，但皆是我随心所欲之作，只有这一部，却是在教师的指挥下写的，于是变成了非驴非马的一头四不像！"勉强写成的作品，自然是很不惬意的。

白羽以武侠小说家名世，固然有违他的初衷。但他借鉴大仲马和塞万提斯的写法，运用新文艺的写作技巧进行创作，写出了自己的风格，为武侠小说开了新面，却是功不可没的。作为白羽本人，不能写他喜爱的文艺作品，而自抎其面地写自己一向反对的武侠小说，是一个人生悲剧；作为武侠小说，由于白羽作品的问世，给它注入了清新的气息，却又是值得庆幸的。是非功过如何，历史总会有公正的评价。

白羽除了一些自认为是"开倒车"的武侠小说外，还留下几本能够显露他本色的小册子。这就是短篇小说集《片羽》、回忆录《话柄》、自传体长篇创作《心迹》，以及小品文《雕虫小草》《灯下闲书》和考证文《三国话本》等。（其中《片羽》所收的小说《包》，写一名女仆因家贫儿女挨饿，偷偷藏起两张饼，后被主人发现，只得以"吃得多"为掩饰，把那两张饼当着主人的面强吃下去，几乎撑破肚子。而家中的孩子却快要饿死了。鲁迅极赏这个短篇，认为它描写深透，催人泪下。）抗战胜利后，他不再写武侠小说。他把十几部武侠小说的版权卖给了上海的北新书局。他在沪版自序中说，此后"小说这行子矢不更为"。他转而埋头钻研甲骨文、金文去了。他积累了大量的资料，写下了不少的札记，想在这方面作出贡献。很可惜，命运又一次和他开玩笑，他这些研究成果并未能问世；而且就在他逝世后不久，一场史无前例的浩劫袭来，把这些寄托着他晚年心血的手稿和资料，一扫而光了。据当年曾为《话柄》作序的吴云心说，白羽在二十世纪五十年代后期曾去拜访天津研究甲骨文的前辈王襄先生，讨论过他的研究心得。这些心得，有些是颇有见解的。如古字可能有音符的考证，发音与文字的关系，等等。白羽一心想在晚年以研究甲骨文的成绩，去冲淡他始终不愿获得、但却已是既成事实的"武侠小说家"的头衔，可是他又一次失败了。——这就是白羽的人生悲剧。

还珠楼主与《蜀山剑侠传》

可以说，二十世纪二十年代至二十世纪三十年代初，是《江湖奇侠传》的天下；二十世纪三十年代后期至二十世纪四十年代末，则是《蜀山剑侠传》的世界。《江湖奇侠传》的全盛时期，是明星影业公司根据它的片断，改编摄制成《火烧红莲寺》之时。后来就渐渐让位于更为奇诡曲折、神怪荒诞的《蜀山剑侠传》了。此书在天津的《天风报》上连载，起初不太为人所注意，后来情节越写越离奇，内容越来越怪诞，就有不少人争着去看。书商看到有利可图，于是试出几集，销路居然很好。以后就等报上刊载过两三个月后，便出书一集。这样，还珠楼主一直写下去，随写随出，一直出到五十五集，共三百五十多万字。据说全书原来打算写满一千万字，现在之数，仅是完成三分之一罢了。

《蜀山剑侠传》最初归天津励力出版社发行，因战事关系，中间曾一度停止出版。抗战胜利后，还珠楼主移居上海，此书才归正气书局发行。还珠楼主的小说，十之八九也都归正气书局出版。据说《蜀山剑侠传》一书，在每一集出版的三四天内，万册之数，一抢而空。早晨书局还未开门，就有不少读者在门口等候抢购了。徐国桢先生曾把不肖生的《江湖奇侠传》与还珠楼主的《蜀山剑侠传》作过比较，他说："当年《江湖奇侠传》风行一时，销行甚广，可是书局方面，对此书的宣传，也很着力。《蜀山剑侠传》的风行有所不同，书局方面未曾有过盛大的宣传，它是在读者互相传阅之间，而日益广其流传。而篇幅的浩大，即使不能说已经空前，可以与比者已很难见到了。"

还珠楼主原名李善基，后改名李寿民（1902-1961），四川长寿县人。他居留华北很久，幼年时曾在常州住过一段时间，因此四川口音在他的嘴里却不大听得到。他说话很快，说得高兴的时候，兴奋之状可掬，语调也急促如连珠炮，恨不得把十句话并作一句话说完。他面孔略带方形，耳大颈短，腰粗肩阔，属虎背熊腰一类身材，与体态颀长的不肖生大异。他不注意打扮，头发剪得很短，可以看出他为人是很随便的。据说他第一部小说《轮蹄》，就是以自己过去的恋爱故事为题材写成的。为了纪念这一段少年恋情，他用"还珠楼主"为笔名。"还珠"二字，乃用张籍"还君明珠双泪垂"之意，其中当寓有无限的感慨。

他出身于书香之家，从小就随父宦游在外，走过不少地方，见闻十分广博。他曾"三上峨眉,四登青城",于此流连忘返达十八个月之久。这对他后来写《蜀山剑侠传》和《青城十九侠》甚有帮助。他在《蜀山剑侠传》和《青城十九侠》两书中,写到蜀中的山川风物,活灵活现,如在目前,是与他年青时候的万里壮游很有关系的。他十七岁时,父亲死去。十九岁开始在北平当公务员,二十三岁入军界,曾先后在胡景翼、宋哲元、傅作义将军幕中任秘书工作。抗日战争时期,日寇侵占华北,他因子女众多,逃不出去。日本人要他合办刊物,他没有答应。由于他拒不与日本人合作,因此陷狱两月。出狱后,家累繁重,生活十分困苦。日本投降后,他在上海遇到正气书局的陆老板,二人相谈甚欢。陆老板劝他重操旧业。继续撰写《蜀山剑侠传》。还珠楼主答应了,于是寄寓在上海老垃圾桥北堍的一个斗室中,继续写他未了的各部小说。同时,他还应上海、中国香港、无锡、镇江、北平等地的日报特约,按日写寄长篇武侠小说,一直写到一九四九年为止。一九四九年后,他曾出任北京市戏曲编导委员会委员,写过历史小说《剧孟》和《游侠郭解》,前者由河北人民出版社出版,后者在广州《羊城晚报》上连载。两书虽仍是写古代的侠士,却比较注重突出侠义的一面,行文一改过去的荒诞神奇,写得比较严谨;但同时也显得文笔不如从前活泼,想象力大为逊色了。还珠楼主一九五九年患中风症,一九六一年病逝。

《蜀山剑侠传》中的蜀山,指的是四川峨眉山。峨眉山上的峨眉派是名门正派，其他便是左道旁门的异派。异派中也有邪正之分，与峨眉派结成同盟的，是正派；专门为非作歹，与峨眉派为敌者，则是邪派。峨眉派的创始人是长眉真人，在《蜀山》中时有提及，却没有出现。《蜀山》中的峨眉派掌门人是号称乾坤正气妙一真人的齐漱溟。他广收门徒，弟子中出类拔萃者不少，其中尤以"三英二云"为最。所谓"三英二云"指的是李英琼、余英男、严人英、周轻云、齐灵云（齐为妙一真人女儿）五人，共是四女一男。这五人是日后光大峨眉的希望，因此书中着墨甚多。特别是李英琼，乃天之骄子。她仙缘最厚，异宝甚多，既获得师祖长眉真人留下的紫郢宝剑一口，身边又有一雕一猿为伴，常常逢凶化吉，遇难呈祥，是峨眉掌教真人心目中的理想继承人。此书即以"三英二云"为主，写众多的峨眉门下，如何求师、学艺、成道、得宝、斗妖，除魔的经过。书中妙一真人出场不多，倒是与峨眉派友好的其他散仙，常常出面相助峨眉小辈。这些世外高人大都道行极高而又性情怪僻，如神驼乙休、怪叫化凌浑、矮叟朱梅、追云叟白谷逸等就是这类超人。

书中着意写了一个五台派的妖妇许飞娘，此人专与峨眉派作对，她常常自己不出面，却三番四次挑唆、煽动邪魔外派与峨眉为敌。而邪魔外派的容易受骗，又往往是下面这两个原因：一是看中峨眉女弟子的年轻貌美，想入非非；二是想夺取名山大川中的千古奇宝，据为己有。由此便引起正邪两派的争斗，无休无止，贯串全书。书中写到的邪派恶魔，大都狰狞恐怖，使人毛骨悚然。如绿袍老祖，不但形状丑恶，而且十分专横、残忍和阴险。他喜欢吃活人的心和血，性发时，不管是敌是友，一把抓来，咔嚓一声，顿时了账。当他被极乐真人李静虚的飞剑腰斩后，仍然不死，以半截上身继续作恶。直至妙一真人邀集诸仙，才以长眉真人遗下的两仪微尘阵把他炼死。另一个血神子也是十分可怕的，此人本是长眉真人师弟，后投入邪派，被长眉真人禁闭起来。后来在峨眉开府时逃出，有意到开府盛会上闹事。这个血神子肉身已毁，只炼成一团血影，凡被他的血影碰上者，顿即身亡，他随即增加一分道行，被碰的人本身功力越高，血神子所增的道行就越大。还有一个乌头婆，也是可怕之极的，当她出现时，便会在空中传出一种似哭非哭、似啸非啸的凄厉呼声，闻声者只能闭嘴不响，若一开口应答，魂魄便被摄走。

《蜀山剑侠传》跳出技击武侠小说的藩篱，想象奇特，大事夸张，属于神魔剑侠小说，其神怪荒诞之处，远远超出了《西游记》和《封神演义》。读《西游记》和《封神演义》时，常觉得情节重复，大同小异；《蜀山》却一波三折，异彩纷呈，既继承了《西游记》和《封神演义》大写神魔之斗，又在情节的曲折奇诡和构思的异想天开上更上一层楼。书中头绪纷繁，高潮迭起，其中最精彩的部分有：大破慈云寺；大破青螺峪；群仙聚歼绿袍老祖；元江取古仙广成子遗宝，大斗妖尸谷晨与雪山老魅；大闹紫云宫，取得天一真水；峨眉开府盛会，群仙毕集，扫荡来犯邪魔；神驼乙休大闹铜椰岛，恶斗天痴上人；苗疆红木岭斗红发老祖；北极陷空岛求取灵药；幻波池诛艳尸崔盈；乙休夫妇大斗西崆峒天残、地缺二老怪；小南极光明境除万载寒蚿；神剑峰魔宫斗尸毗老人；幻波池先后斗兀南公与九烈神君；大闹九盘山魔宫，赤身教主鸠盘婆遭劫，等等，等等。虽然《蜀山剑侠传》中写到的都是不食人间烟火的仙佛妖魔，他们的斗法、夺宝都极其荒诞无稽，然而，《蜀山剑侠传》正与《西游记》和《封神演义》一样，书中的神魔之间，都是有正邪善恶之分的。一部《蜀山剑侠传》，其实也是人世间正与邪、善与恶相斗争的缩影，透过神魔的外衣，我们还是可以把它当作社会小说来看的。

还珠楼主文笔流畅，擅长写景，绘形状物，极见功夫。他不单对法宝、仙阵、妖物描绘逼真，夸饰奇绝，而且还精心撰制小说回目，字斟句酌，文采斐然。如"绝巘立天风，朗月疏星，白云入抱；幽岩寻剑气，攀萝扪葛，银雨流天""临难得奇珍，纳芥藏身，微尘护体；多情成孽累，伤心独活，永誓双栖""大地为洪炉，沸石溶沙，重开奇境；长桥横圣水，虹飞电舞，再建仙山""弹指悟夙因，普度金轮辉宝相；闻钟参妙谛，一泓寒月证禅心""敌众火雷风以抗天灾，反照空明，凡贪嗔痴爱恶欲，皆集灭道；历诸厄苦难而御魔劫，勤宣宝相，无眼耳鼻舌身意，还自在观"等回目，有的写景，有的言情，有的渲染仙力，有的深具禅味，均可看出还珠楼主的文字功力深厚，非寻常作手可比。在旧派武侠小说家中，没有哪个人撰制回目能胜过还珠楼主的。在新派武侠小说家中，梁羽生的回目比较平稳工整，金庸的回目比较形式多样，可称此中高手，但与还珠楼主比起来，似乎还是相差一筹的。

还珠楼主的武侠小说共有三十六部，共约一千五百万字以上，其中以《蜀山剑侠传》和《青城十九侠》最出名。据说著名的京剧表演家尚小云先生，当年还曾把《青城十九侠》改编成京剧上演呢！

《蜀山剑侠传》的法宝与怪物

《蜀山剑侠传》一书，光怪陆离，想象奇特，其描写法宝的神奇瑰丽与妖物的恐怖凶残，奇中逞奇、怪中出怪、玄想超妙、凌绝古今，堪称前所未有。

《蜀山剑侠传》中法宝既多且奇，除常见的利器刀剑之外，五花八门的异宝奇珍，使人目眩神迷。宝剑中以长眉真人留下的紫郢、青索二剑最为利害；双剑合璧，威力更加奇大。另有一口南明离火剑，乃达摩老祖渡江前所炼，亦堪与之匹敌。宝刀之中，红发老祖的化血神刀颇为神异，此刀连穷凶极恶的绿袍老祖也抵挡不了。另有英姆取自番僧的"九九修罗刀"，经她祭炼后，专克邪魔妖物，亦具无上威力。刀剑之外，钩、戈、斧、钺、弩、箭、錾、钻、锤、剪、环、圈、钉、杵、锁、轮、瓶、镜、尺、盘、针、梭、筝、箫、灯、钟、珠、球、簪、圭、伞、鼎、网、罩、罗、锦、沙、石，以至火焰、青烟、光线、声音等等，都可成为法宝，应有尽有，神妙之极。这些法宝名称，玄妙怪异，五光十色。以宝珠和宝镜为例，就有雪魂珠、火灵珠、牟尼珠、寒碧珠、伽蓝珠、阴磷神火珠，天遁镜、太虚神镜（昊天宝鉴）、迦叶金光镜、两仪天昙镜、禹王鉴等等。具有惊人爆破力的法宝则有太乙神雷、五行神雷、天罡雷珠、土木神雷、石火神雷、癸水雷珠、寒焰神雷、乾天一元神雷（霹雳子）、诸天十地如意神雷等。还有一种无音神雷，可以把爆破声音隐蔽起来，如同近世的无声手枪一样。而混元一炁球与九子阴雷，则像核弹一样，具有极其巨大的杀伤力。书中这样描写九子阴雷的爆发之威："那九子阴雷大只如杯，随着主人意念，发出极强烈的威力。照例出手，光并不强，暗紫、深蓝二色互相闪变，无甚奇处；一经发威，立发奇光爆炸。当时火焰万丈，上冲霄汉，下透重泉；方圆千里内外，无论山川人物，一齐消灭，化为乌有。那被阴雷激荡起来的灰尘，上与天接；内中沙石互相摩擦，发出无量数的火星，中杂熔石沸浆。由千里以外远望，宛如一根五颜六色的撑天火柱，经月不散……"四十多年前的这段描写，与当今核试验爆炸，颇有相似之处。真是奇思奇笔，令人难以置信。

还珠楼主笔下的法宝，以远古时代留下的奇珍异宝最有降魔力量。如轩辕黄帝所炼的太虚神镜和九嶷鼎，大禹治水时所用过的禹鼎和神禹令，古仙广成子的遗宝天遁镜和九天元阳尺等等，不胜枚举。书中写齐霞儿在雁荡山绝顶的雁湖上收禹鼎除妖鲧，十分精彩。

禹鼎为大禹当年治水的十七件宝物之一，藏于雁湖湖底，鼎上铸有无数魍魅魑魍、鱼龙蛇鬼、山精水怪之类。妖鲧行法运用，鼎上的万千怪物便冲波激浪而出。这些怪物，有的大可合抱，有的小才数尺；有的三身两首，鸠形虎面；有的九首双身，狮形龙爪；有的形如僵尸，独足怪啸；有的形如鼍蛟，八角歧生，真是奇形怪相，不可方物。其中有一狼头象鼻、龙睛鹰嘴的怪物，生得最是巨大骇人。此怪獠牙外露，长有丈许，数十多根上下森列，嘴一张动，便喷出十余丈长的火焰。一颗头有十丈大小，背上生有双翼，长约十四五丈，自头以下，越往下越粗大，约有七八十丈。身上乌鳞闪闪发亮，每片大约数尺。原来这庞然大物，就是铸在鼎纽上的那狼首双翼、似龙非龙的东西。这禹鼎便是那些妖物的原体和附生之所。齐霞儿诛杀了妖鲧后，便口诵真书，依法收宝。她朝为首的妖物大喝一声，那狼首双翼的妖物飞近鼎纽，忽然身体骤然变小，转眼细才数寸，直往鼎上飞去，顷刻与身相合，立时鼎上便有一道光华升起。首妖归鼎，其余妖物也纷纷由大变小，飞至鼎上不见。书中写禹鼎妙用，如魔似幻，活灵活现，使人目夺神迷。

在林林总总、五光十色的法宝当中，要数易鼎易震所驾的九天十地辟魔神梭最为神异奇特。此梭乃易氏兄弟祖父易周采取海底千年精铁，用北极万载玄冰磨冶而成，没有用过一点纯阳之火，形如一根织布的梭。不用时，仅是九十八根和柳叶相似、长才数寸、如纸样薄的五色钢片。一经使用，这些柳叶片便长有三丈，自行合拢，将人包住，密无缝隙，任凭使用人的驱使，随意所之，上天下地，无不如意。如要中途救人，只需口诵真言，将梭中心七片较小的梭叶一推，便现出一个小圆洞的门户，将人纳入，带了便走。如再有敌人法宝飞剑追来，那七片梭叶便立即旋转，发出一片寒光，将它敌住，一转眼便破空穿地而去。此梭可上天、入地、潜海，具有多功能的作用，较之今日的太空梭、潜水艇还先进得多，真是异想天开、构思巧绝，不知还珠楼主当时扯动了哪条神经，能想象出这种奇妙的法宝来。

还珠楼主那支神奇的笔，还善写妖魔怪物，经过惊人的夸张和极度的渲染，无数恐怖的怪物便出现在他笔下。读者虽不信现实生活中有此怪物，但听他娓娓道来，却又不得不信服地接受书中这种怪物的存在。笑和尚在天蚕岭所诛的文蛛就十分逼真可怕。这文蛛乃千百年老蝎与一种形状极大的火蜘蛛交合而生。卵子共有四百九十一颗，一落地便钻入土中，每闻一次雷声便入土一寸，约经三百六十五年，才能成形。身长一寸二分，先在地底互残同类，每吃一个同类，就长一寸，直到吃剩最后一个，气候便成。这东西虽是蛛蝎合种，形状却大同小异，体如蟾蜍，腹下满生短足，并无尾巴。前后各有两条长钳，各排列着许多尺许长的倒钩刺，上面发着绿光。尖嘴尖头，眼射红芒，口中能喷火同五色云雾。成了气候以后，口中所喷彩雾，逐渐凝结，到处乱吐，散在地面，无论什么人物鸟兽，沾上便死。这怪物还会因声呼人，无论谁人听了，都似觉亲人在喊自己的名字，只一答声，便气感交应，中毒不救，由它寻来吃掉。因此所到之处，人都死绝。由于这怪物的形体平伸开来，宛似一个篆写的"文"字，故此叫作文蛛。还珠楼主绘声绘色，说得头头是道，文蛛的狰狞可怖，便跃然纸上。

还珠楼主创造妖物、怪物是有他一套本领的。他在二十世纪五十年代中期，曾在报纸上透露过他当年塑造怪物的秘密。大意是说用高倍放大镜去观察各种昆虫，通过高度的夸张，再添加上别的动物的爪、牙、角、尾，便创造出人世间所没有的狰狞奇异的怪物了。如以蚂蚁为例，若把它扩大一万倍，就变得十分惊人；再添上大象的鼻子、犀牛的尖角和鳄鱼的尾巴，就成了骇人之极的恐怖怪物。由于还珠楼主笔下的怪物有实物作模特儿，因此夸张起来便迫肖如真。

《蜀山》一书光怪陆离，玄想超妙，作者以其无与伦比的惊人想象力，使它达到了神魔剑侠小说中前所未有的高峰。单是上面提到的异彩缤纷的法宝与骇绝人寰的妖物，就足以雄视一世了！

《蜀山剑侠传》的成功与不足

　　还珠楼主以洋洋五十五册共三百五十多万字的《蜀山剑侠传》，创下了长篇小说的最高纪录。据说原书打算写满一千万字才结束，现在之数，仅是完成三分之一，因此书中反复交代的第三次峨眉斗剑和道家四九天劫，都未及写到。这两项内容，定必精彩之极，可惜都无法得见了。

　　还珠楼主包罗万象，笔挟千钧，想象奇特，变化万端，在《蜀山》中，创造了一个异想天开的奇幻世界。正如徐国桢先生所概括指出的，在《蜀山》这个神魔交战的奇幻世界里，显示了作者对自然现象、故事境界以及生活、战斗、生命诸方面的看法：关于自然现象方面——海可煮之沸，地可掀之翻，山可役之走，人可化为兽，天可隐灭无迹，陆可沉落无形；关于故事境界方面——天外还有天，地底还有地，水下还有湖沼，石心还有精舍；关于对生命的看法——灵魂可以离体，身外可以化身，借尸可以复活。自杀可以逃命，修炼可以长生，仙家却有死劫；关于生活方面——不食可以无饥，不衣可以无寒，行路可缩里成尺寸，谈笑可由地室送天庭；关于战斗方面——风霜雨雪冰、日月星气云、金木水火土、雷电声光磁，都有精英可以收摄，炼成各种凶杀利器，相生相克，以攻以守，藏可纳之于怀，发而威力大到不可思议！《蜀山》一书的故事基础，就是建立在这样一个仙佛妖魔鸟兽虫鱼混合而成的混沌世界上面。在这个世界里，不但人能成仙，鸟兽蛇虫也能得道或者成妖。道行高深的妖魔可以修炼到元神（灵魂）离开肉体，独立存在，甚至可以有第二元神、第三元神，直至第九元神。如遇劫难，九个元神中只要能逃出一丝一缕，仍然可以重新修炼。由于此书奇幻曲折、高潮迭起，其神怪荒诞之处远远超出了《西游记》和《封神演义》，因此在当时就产生了极大的力量。此书最初写时，还是按一般武侠小说来写的，打斗时有武功招式，书中的人物也食人间烟火。后来越写越神化，由武侠而变为剑侠，由武功而变为法术，什么"身剑合一""元神出窍""借尸复活"，通通都抖了出来。书中仙佛妖魔的斗法，也由地面斗到地心和天外。还珠楼主自认为"前几集写得甚不惬意"，可能是指前几集还囿于一般的武侠打斗程序，未能施其所长，进入神魔斗法的奇妙之境吧！

《蜀山》除了故事奇幻曲折，能够颠倒众生之外，其文字上的功力深厚，也是使人倾倒的原因之一。还珠楼主写仙妖相斗时，笔下如魔如幻，精光四射，那奇正生克、变化万千的阵势，那瑰丽万状、威力无穷的法宝，那凶残狠毒、骇绝人寰的妖物，都描绘逼真，夸饰奇绝，令人叹为观止。还珠楼主最长于写景，峨眉、三峡是他的旧游之地，自然写得佳妙。而那些神仙境界的描写，更使人心旷神怡，飘然生出世之想。下面摘抄一段白发龙女崔五姑到达海上神山——天蓬山绝顶灵峤宫所见的仙境描写，以见一斑："五姑随众前行，一看那地方，真是自从成道以来，头一次见到的仙山景致。山头上一片平地，两面芳草成茵，繁花如绣。当中玉石甬道，又宽又长，其平如镜。尽头处，背山面湖，矗立着一座宫苑，广约数十万顷。内中殿阁巍峨，金碧辉煌，飞阁崇楼，映于灵峰嘉木、白石清泉之间。林木大都数抱以上，枝头奇花盛开，灿如云锦，多不知名；清风细细，时闻妙香。万花林中，时有白鹤驯鹿，成群翔集，结队嬉游。上面是碧空澄霁，卿云缥缈；下面是琼楼玉宇，万户千门。更有云骨撑空，清泉涌地，点尘不到，温暖如春。端的清丽灵奇，仙境无边。"崔五姑等人离开灵峤宫，在云路中飞行时，又是另一种境界："彩云一离天蓬仙界，降到中天层下，便自加快，往前飞驶。其速并不在剑遁以下，并且一点也不见着力施为。上面是碧空冥冥，一片晴苍，下面是十万流沙，漫无涯际。等到落漈飞过，又是岛屿星分，波涛壮阔；碧海青天，若相涵吐。中间一片席云，五色缤纷，拥戴着九个男女仙人，横着乱云而渡。有时冲入迎面云层之中，因是飞行迅速，去势太急，将那如山如海的云堆一下冲破。所过之处，四外白云受不住激荡。纷纷散裂，化为一团团一片片的断絮残棉，满空飞舞。再吃日光彩云一映，过后回顾，直似万丈云涛当空崩折，散了一天霞绮。随着彩云之后，滚滚飞扬，其丽无俦。"读着这样的文字，真使人神思飞越，飘飘然如同自己也在九天云路上飞翔一样。

如果说上面两段神仙境界的描写，已可看出还珠楼主点染烟云的写景才能，那么他对于大自然的描绘，就更显示出他那笔挟风雷的惊人力量。在他笔下，地震、雪崩、海啸、陆沉、火山喷发、冰山激撞、雷轰电闪，如火如荼，那排山倒海的迫人气势，真使人为之神夺。下面一段是写安乐岛因火山爆发而引起地震、海啸的描写："……方在惊疑之际，猛地又听惊天动地一声大震，脚底地皮，连连晃动。冬秀首先跌倒，二凤闻声，方将她勉强扶起，尚未站定，一股海浪，已像山一般劈面打来。三女支持不住，同又跌倒。勉强挣扎起来，高一脚低一脚的，往后退去。那一片轰隆爆炸之声，已是连响不绝，震耳欲聋。三女退还没有几步，忽然平地崩裂，椰林纷纷倒断，满空飞舞。电闪照处，时见野兽虫蛇之影，在断林内纷纷乱窜。这时雷雨交作，加上山崩地裂之声，更听不见虫兽的吼啸。只见许多目光或蓝或红，一双双、一群群，在远近出没飞逝。海岸上断木石块，被风卷着，起落飞舞，打在头上，立时便要脑浆迸裂。……过了半个时辰，岛上火山忽然冲起一股绿烟，升到空际，似花炮一般，幻成无量数碧荧荧的火星爆散开来。接着便听风浪中起了海啸，声音越发洪厉。这时二凤姐妹刚扶着冬秀，泅升海面，换了口气，往下降落。降离海底还有里许深浅，见那素来平静的深水中泥浆涌起，和开了锅灰汤一般，卷起无边浪花，逆行翻滚。方觉有异，水又忽然烫了起来。二凤猜是海底受了火山震荡所及，同时溜塌；倘若被热浪困住，怕又活活烫死……"真是惊心动魄，骇人之极。还珠楼主这段描写，分明是向壁虚构，但笔下飞沙走石，绘声绘色，却使人有耳闻目睹之真，恍如置身于火山地震的现场一般。

还珠楼主写火山地震，用的是热笔；当他写北极风光时，用的却是冷笔。且看如下描绘："……沿途所见的冰块越来越大，形态也越奇怪。有的峰峦峭拔，有的形如龙蛇象狮，甚或巨灵踢海、仙子凌波，刀山剑树，鬼物森列，势欲飞舞；随波一齐淌来，浪头倒被压平了些。海洋辽阔，极目无涯，到处都是。气候越来越冷，上面是义轮失驭，昏惨无光，只在暗云低迷之中，依稀现出一圈白影；下面却是冰山耀辉，残雪照水，远近相映，光彩夺目。冲撞越多，散裂尤频，眼看一座极大的冰山忽然中断，或是撞成粉碎；轰隆砰訇之声，与铿锵叮咚之声，或细或洪，远近相应，会合成一片繁响。异态殊形，倏忽万变，令人耳目应接不暇。"还珠楼主想必"元神"

曾到北极一游，不然，他当时仅凭报刊上介绍北极风光的一鳞半爪，怎能神驰万里，写出这等迫肖如真的文章来？还珠楼主才大如海，于此可见一斑。

从上面几段写大自然现象的文章中，可以看出作者是有科学头脑的。虽是虚构成文，却又合乎真实。在作者笔下，有很多法宝都具有科学预见性。如：有电视录像效果的魔教晶球视影，有可以录音传声的吸星神簪，有宛如计算机控制可以自动变化的伏魔旗门，有由古树炼成的恍似电动机器人的执役仙童，有如同核弹一样具有骇人杀伤力的九子阴雷和混元一炁球，有类似近代雷达效用的"灵光回影"之法，还有兼具太空梭和潜水艇作用的九天十地辟魔神梭，等等。《蜀山》一书写于抗日战争前后，如电视、核弹、太空梭之类，还珠楼主当时都尚未及闻，但他笔下的法宝，却能有此先进效果，足见作者大脑异常发达，且有惊人的科学想象力。凭这一点，《蜀山》也是可以不朽的了。

《蜀山》一书，玄想超妙，光怪陆离，巡天探海，出入青冥地府。作者魔笔所至，风云雷电、雨雪冰霜、山河日月、磁力极光，任从驱遣，真是纵横宇宙，奇绝古今，诚为近世一大杰作！

《蜀山》虽是神魔剑侠小说。但对后来的新派武侠小说却颇有影响。新派武侠小说中的不少武功心法，如乾坤大挪移、天魔解体大法、天遁传音、金刚不坏身法等，就来自《蜀山》。虽然大多只是借用名称，内涵则做了改动，但渊源所自，还是看得出来的。

由于《蜀山》的篇幅是前所未有的巨大，作者又同时为几家报刊写稿，因此笔下常有疏漏，书中前后矛盾之处不少。如妙一真人之子齐金蝉，开头说他前世本名李承基，曾经娶妻生子；但后来却又反复说他是几世童身，令人莫名其妙。又如万妙仙姑许飞娘，时而说她是混元祖师的小师妹，时而又说她是混元祖师的弟子，很不统一。再如小神僧阿童，开头说他前身是韦一公，这个名字用了两次之后，隔不三页，就全部改为韦八公了。其中最离谱的是神驼乙休之妻韩仙子，前头说她"鸠形鹄面"，相貌甚丑，后来却说她"面貌清秀"，前后判若两人，恍似做过整容手术一般。真是可笑之极。

还珠楼主行文如长江大河，一泻千里，是其长处；但这样信笔洋洋挥洒，却很容易结构松散。书中时见节外生枝，走笔绕往别处；结果越绕越远，像是脱缰的野马，一发而不可收。如书中写大破青螺峪后，怪叫花凌浑命弟子刘泉等人下山修积外功，然后汇集到元江取宝。但当刘泉等人到了卧云村后，却横生枝节写了一大段萧逸、欧阳霜、黄畹秋三人的爱情故事。这一段三角恋爱，长达十二回，共约二十万字，与主线全无关系，实在毫无必要，可以删去。类似的枝蔓，书中并不止此。窃以为，如把这些与主线无关的大小枝蔓删掉，出一个节本，全书情节更为紧凑，更具有吸引力。

与枝蔓太多刚好相对的另一种剪裁不当，是该详反略。如严人英，是"三英二云"中唯一的男性。作为"三英二云，峨眉之秀"中的一秀，本应详写，但作者重女轻男，其余四秀均已详作人物列传介绍。唯独严人英却轻轻带过，成了个不痛不痒的人物。作为书中的重要人物却着墨如此之轻，是还珠楼主的一大败笔。

书中的另一败笔是过分渲染长眉真人和妙一真人的神机妙算。峨眉徒众的行事祸福，神魔相斗的胜败结局，早已在二人的妙算之中。每到关键时刻，长眉真人的遗柬遗宝和妙一真人的飞剑传书就会出现，为之指点迷津，扫除魔障；峨眉群小无不逢凶化吉，遇难呈祥，并一次又一次地获得奇珍异宝。这样的内容重复多了，就使人感到腻烦，并且隐隐产生反感，觉得峨眉派太霸道了，凡有好处全都归它，自己闯了祸却毫不反省，反而说人家该当应劫。真真岂有此理！再有，书中写到邪魔妖物时，常有秽笔。这些属于"儿童不宜"的内容，实在是不应如此细加描绘的。

此外，文字冗长也是《蜀山》的一个大缺点。还珠楼主最喜补叙，而这补叙，很多时是通过一个人物的口中来述说的，结果一说就是数千言数万言，常常"画公仔画出肠"，唯恐别人不明白。还珠楼主在引述第三人称说话时，往往喜欢加上"等语"二字，但由于引述的文字冗长，转述语多已变成直述语，这"等语"二字便成了多余的累赘，读起来使人觉得十分别扭。

《蜀山剑侠传》是一部超级鸿篇巨制，宛如万里奔流的壮阔大江，其间有惊涛拍岸的磅礴气势，有冲波激浪的大小风帆，有奇幻多变的万千水怪，有炫人眼目的五彩浪花。在一泻千里中，自然也会有泥沙和垃圾，这是大家都可以理会得到的，这里就不多饶舌了。

武侠小说——华侨子女
特殊的中文课本

　　曾听一些留学生说，不少世代旅居外国的华侨子女，由于从小便学当地语言，因此对居住国的语言文字颇为熟悉，但对中文却比较陌生。他们的父母便用金庸、梁羽生的武侠小说来吸引他们，让他们在阅读中提高中文水平，不忘祖国的灿烂文化。结果这些华侨子女，果然从武侠小说中学到了不少中文文字，而且还对中国的传统文化产生了浓厚的兴趣。他们后来所具有的汉文化知识，大多不是从老师、家长中学得，而是从武侠小说中领略到的。

　　这事骤听似颇奇怪，细思却有道理。由于武侠小说情节曲折，悬念迭起，武功神异，打斗紧张，因此吸引着不少粗通汉语的华侨子女。他们一部一部地看下去，越读越有兴味，认识的字多了，接触的中国传统文化也多了。如儒家思想、老庄哲学、佛经道藏、诗词曲赋、琴棋书画、医卜星相、阴阳八卦、五行生克等等内容，在金庸、梁羽生的武侠小说中，是随时可以见到的。以《射雕英雄传》第二十九回和第三十回为例，这两回写黄蓉被裘千仞重掌击伤后，郭靖与她误闯瑛姑住处，瑛姑指点他们上山请求一灯大师解救。他们闯过渔樵耕读四道关卡，才得见一灯大师。在这两回故事中，写到黑沼林中道路按五行奇门之术布置的奇幻神异，也写到黄蓉与瑛姑演算古代术数难题的不可思议。读着这两回故事，人们可以接触到《论语》《孟子》的片言只语和宋词、元曲的部分佳作，还可领略到猜诗谜和对对子的美妙情趣。在这些曲折有趣的故事中，读者不知不觉便受到中国传统文化的陶冶。学数学的自必会对书中提到的"九宫图""五五图""百子图"及"鬼谷算题""立方招兵支银给米题""七曜九执天竺笔算"等古代算题感兴趣，恨不得立即找来研究演算一番。爱好诗词的也定必会对瑛姑所吟的《九张机》词和樵子所唱的《山坡羊》曲叹赏不已，对黄蓉巧对书生的上联击节称许。读过孔孟之书的，看到黄蓉牵强附会地解释孔门的七十二贤人，共有成年人三十名，少年人四十二名，以及赋诗讥刺孟子不辅佐周天子，却去向梁惠王、齐宣王求官做，有违圣贤之道等等，都会禁不住开颜一笑，觉得十分有趣。阅读这样内容丰富的武侠小说，确是在消遣之余，受到很大的教益的。

金庸、梁羽生这类运用中国传统文化为他们小说服务的例子是很多的。在金庸作品中，《射雕英雄传》的周伯通用老子《道德经》

来解释他自创的空明拳,《倚天屠龙记》的张无忌用庄子《南华经》来谈他对生死的看法,《神雕侠侣》以江淹《别赋》中之"黯然销魂"为掌法名称,《天龙八部》以曹植《洛神赋》中之"凌波微步"为轻功步法名称,还有以佛经中的"天龙八部"作小说书名,以《易经》中的词句作招式名目,等等,都可看出作者的旧文学修养甚深。在梁羽生的作品中,则可看出他对古典诗词颇有研究。他的小说回目对仗工整,饶有韵味;每部小说的开头结尾均有或长或短的诗词点缀其中,抒情寄意,颇见匠心。至于小说中的侠客写诗谈诗就更多了。如《白发魔女传》中的卓一航,《萍踪侠影录》中的张丹枫,都会以诗寄意,表达自己内心深处的感情;而《七剑下天山》中的纳兰容若与冒浣莲、《广陵剑》中的陈石星与葛南威,说诗谈词,颇见功力,一看便知不是外行人语。梁羽生在《从文艺观点看武侠小说》一文中谈到,武侠小说的作者,知识面越广越好。虽不要样样精通,但起码要懂得三招两式,懂得越多当然越好。武侠小说是写古代的东西,因此多少要懂得一些中国古代的历史。地理也要懂一点,否则乱写一气,毫无地方特点,就千篇一律了。如果要求高一点,四裔学(指研究少数民族的学问)、民俗学也要懂一些;也要懂一点中国旧文学,对中国诗词也要知道一些;甚至对宗教也要懂一点,不然写到高僧,只会写"阿弥陀佛"和"善哉善哉",那就糟糕了。从梁羽生这段话可以看出,新派武侠小说确是融合了丰富的传统文化知识在内的，无怪乎华侨子女可以凭此而学习汉文化了。一向被视为不登大雅之堂的武侠小说，竟起了汉文化向海外传播的桥梁作用，这是武侠小说的作者们所始料不及的。

说老实话，笔者在读初中时，也曾从金庸、梁羽生的武侠小说中领略到不少传统文化知识。记得第一次接触"兴，百姓苦！亡，百姓苦！"这首《山坡羊》散曲，是在读《射雕英雄传》的时候；而最初的认识纳兰容若及其词作，则是在读《七剑下天山》之时。后来购得陈乃乾先生的《元人小令集》通读一过，又借得线装本《纳兰词》手抄一遍，印象和感受便深了一层。而究其因，金、梁的武侠小说是起了启蒙作用的。笔者认为，写得好的武侠小说，能让人在消遣之中获得某种有益的启承，不失为上乘之作。金庸、梁羽生的作品，时时闪烁着中国古代文化瑰宝的光辉，非徒以情节奇诡取胜，因而获得众多层次不同的读者。特别是金庸之作，想象奇特，结构紧凑，笔调幽默，可读性强；而且能够深刻揭示人生问题，使人读后大有所得，堪称武侠小说中的精品。可以想象得到，旅居海外的华侨子女，当他们读到这样的精品时，自必会越看越爱看；在不断的阅读与欣赏中，他们的中文程度也就自然而然地相应得到提高了。因此，海外华侨子女把武侠小说看作是一种学中文的特殊课本，是一点儿也不奇怪的。

武侠小说中的科学

　　武侠小说是天马行空式的创作，不少内容是凭空想象的虚构，特别是一些离奇古怪的神异武功，更属子虚乌有。虽然当今气功师的精彩表演，证实了武侠小说中的某些武功，确是符合生命的科学；但更多的则纯是小说家的笔下创制，其奇幻之处是无法演练，也绝不存在的。如果撇开神奇武功不谈，武侠小说中的人物性格却大多是真实的，他们的喜怒爱憎是能与读者相通的。而且有些作者能够剖析复杂的人性，对人物的正邪善恶能作深刻的揭示，并不满足于性格单一的描写。如金庸就极赞独立的人格，对凝固的、神圣不可侵犯的封建道德持否定态度。他并不认为一个人天生就是善良或者邪恶的。在他的小说中，往往号称正者实为邪，名为恶者却为善，或邪中有正，善中有恶等等。总之，他笔下人物的性格是复杂的，可信的，合乎生活真实的。换一句话说，这样的描写是科学的。

　　武侠小说除了刻画人物性格是真实可信之外，还有不少描写也是符合科学实际的，并非一味神奇怪诞地随心所欲描写。如《射雕英雄传》写欧阳克在海边被千钧巨岩压住双腿，无法脱困时，黄蓉与郭靖、欧阳峰以树皮缠制巨缆，捆住巨岩，又以四根巨木制成井型绞盘，围在一棵古松上，然后推动绞盘，去移巨岩；加上巨岩缚上二十多根大木，潮水上涨时，浮力十分巨大，因此绞了数转，便把巨岩绞松，救出了欧阳克。这段利用潮水浮力救人的描写，是十分科学的，深具物理学的知识，绝非胡编乱撰。武侠小说中时见以乐声伤人的描写，如《广陵剑》中尚和阳以铁琵琶作武器，所奏出的琵琶声，如野狼饿号，如群犬争吠，刺耳非常，使人烦躁不安，意乱神迷，心旌摇摇，难以抵受。又如《楚留香》中的无花和尚，所奏出的琴声怨恨悲愤、肃杀苍凉，使剑客"中原一点红"闻之疯狂，失去理智，长剑乱挥，不能自已。这些乐声，实是噪音，噪音可以伤人，危害极大。现代科学有"噪声污染"之说。所谓"噪声污染"，指不同频率和强度的声音，无规则的组合在一起，造成对人和环境的影响，是社会公害之一。其危害是：轻者影响人的工作和休息，重者引起耳聋，诱发疾病，还会破坏建筑物和仪器设备的正常工作。据科学测定，声音超过一定的强度，人的健康便会大受影响。不少医生指出，摇滚乐和迪斯科音乐的巨大声响，能使一些人发生急性感音性耳聋，便是明证。《倚天屠龙记》写谢逊以啸声震得人神经错乱，《广陵剑》写张丹枫以吼声震得敌人胆破而死，虽属过分夸张，却并非全无根据。谢、张二人的啸声吼声，其实就是一种超级噪音。武侠小说中又有以乐声治病的描写。如《笑傲江湖》任盈盈所弹奏的《清心普善咒》琴曲，能助令狐冲疗治内伤，调理体内真气，消去烦恶之情。令狐冲后来照此每日弹奏，虽不能尽除内伤，恢复往时功力，于身体却大有好处。《广陵剑》亦有一段以琴声治病的描写。身受重伤的云浩聆听了陈琴翁弹奏上半阕《广陵散》后，"忽觉丹田似有一股热气，气血渐渐通畅，胸中的翳闷之感大大减轻"。后来又凭着这琴声积聚内力，一掌击毙来敌，保护了陈琴翁之孙陈石星。以乐声疗病之说，古已有之。中国两千多年前的《乐记》就指出，音乐对调剂人的和谐生活和增进健康都有很好的作用。古希腊的亚里士多德也指出音乐具有治疗疾病的效果。现代医学更多此类例子。临床实验证明，高血压患者在听一首小提琴协奏曲后，血压下降十至二十毫米汞柱；让临产的产妇听一些轻松、柔和、静谧的音乐，能消除她们的紧张、惧怕、不安的情绪，特别是对于初产妇更有利于分娩。有的研究者运用音乐对疼痛的抑制作用，提出"音响无痛法"的理论。英国剑桥大学口腔治疗室就会用音乐来代替麻醉剂，成功地为两百多个病人拔掉病牙。专家们指出，在治疗神经症和精神病方面，音乐治疗对于焦虑症、忧郁症和躁狂症都有一定的疗效。如治疗情绪焦躁不安可选用约翰·斯特劳斯的圆舞曲《蓝色的多瑙河》，治疗忧郁症可选用李斯特的《匈牙利狂想曲》，治疗神经衰弱可选用舒曼的小提琴小夜曲《圣母歌》《摇篮曲》，治疗高血压可选用贝多芬的钢琴奏鸣曲第七号，治疗胃肠功能紊乱可选用莫扎特的套曲等。因此武侠小说中以琴声乐韵治病的描写，虽然写得神乎其神，令人难以置信，却绝非胡说八道，而是含有很高的科学性的。

二十世纪四十年代的还珠楼主，以其玄想超妙、光怪陆离的《蜀山剑侠传》，曾经风靡一时。但《蜀山》一书，并非一味逞奇炫怪，书中写到的火山、地震、雪崩、海啸以及冰山移动等自然现象，就很符合科学实际。至于那些神奇的法宝，如水晶球、吸星神簪、九子阴雷、九天十地辟魔神梭等，竟具有今日电视机、收录机、核弹、太空梭的科学效用，就更是异想天开，具有惊人的科学预见性。还珠楼主包罗万象，所知极多，非徒以神怪荒诞取胜的。

总之，武侠小说虽然是天马行空的创作，其中却是有不少科学的东西的。作为成人童话的武侠小说，除了对神奇武功的描写是远离现实世界，给人以"不真"的感觉之外，其余有关人物性格与自然现象的描写，大多是符合生活真实，也符合科学实际的。

中西方武侠小说

　　提到西方"武侠"小说，要解释一下：这里的"武侠"是加了引号的，因为在欧美语言文字中，找不到一个同汉语的"侠"字相对应的单词，亦即没有这个概念。意义同"侠"比较接近的词是"骑士"。不过，在中国，伍光建曾将法国大仲马的《三个火枪手》译成《侠隐记》，英国民间流传的绿林好汉罗宾汉的故事亦有人译为《侠盗罗宾汉》。老舍先生一九四六年去美国讲学时，为了加深听众的理解，也曾说过，水浒英雄同罗宾汉一伙好汉一样。近年来，还有中国学者拿司各特的《艾凡赫》(又译《撒克逊劫后英雄略》)同《水浒传》作比较研究。美国有一部牛仔电影亦有《游侠传奇》的汉译名。由此看来，如果按"侠以武犯禁"这一标准去衡量，欧美一些写骑士、义盗，并且有武打描写的小说。似乎还是可以划为"武侠"小说的。本文要拿来同中国武侠小说作比较的，就是这一类西方小说。

　　拙文《武侠的鼻祖是女子》，谈到中国武侠小说中有不少杰出的女侠。对比之下，西方基本上没有成熟的侠女形象，能够沾上一点边的仅有率领法国人民抗击英国侵略的贞德。而贞德是被称为"圣女"的。当然，在相当长一段时间里，英国人说她是女巫，连莎士比亚在剧本《亨利六世》里也这样描写。

不管圣女也好，女巫也好，总之不是凡人。西方骑士小说的女主角，一般说是美丽、纤弱、高贵的童贞女子，绝不会从小就舞刀弄剑的。出现这种现象的原因要追溯到西方的文化传统。西方世界认为赤手空拳的妇女可以出现在战场上，呼吁交战双方讲和。她们的力量就在于她们是女性。法国画家大维特画过一幅题为《萨平妇人》的画，就描绘了阻止罗马人同萨平人战斗的妇女形象。皈依基督教以后，因为圣母玛利亚的形象受到推崇，文学作品中正面的妇女形象就趋向于根据玛利亚的模式来理想化。即使是在大仲马的比较有中国武侠味的小说中，无论是善良正直的抑或阴险毒辣的妇女，基本上都与刀光剑影绝缘。

在中国，情况就不同了。古时候，巫、舞、武是相通的。巫人当中自然有女巫，屈原在《九歌》中就描写过这些女巫跳舞的情景。后来舞又分为文舞和武舞，唐代公孙大娘舞剑器，就是一种武舞。由于有这些历史渊源，中国女子习武就是很正常的事情了。

再说，中国妇女从来不曾享受过像西方妇女那样几乎被神化了的待遇。因而，在武侠小说中，她们首先是人，是有血有肉、有爱有恨的人，活生生的人。同西方"武侠"小说中那些柔靡纤弱，纯洁到几乎头上出现一圈灵光的女主角比起来，当然是中国侠女的形象更丰满，更感人。

另外，从审美的角度来看，天生弱质的女子，竟然可以同五大三粗的汉子比武争雄，甚至取胜，这种场景自然要比两个莽汉你砍我劈的情景，更能体现出对比的美。法国诗人保罗·克洛代尔说过，各种不同事物的同时性就能够构成诗的艺术。就凭中国武侠小说有女侠形象这一点，它在艺术上已经比西方"武侠"小说高出一筹了。

武侠小说离不开武打。西方的武功主要是击剑、拳击、摔跤、射箭，最多再加上绳鞭，远不及中国功夫丰富多彩。中国武侠小说中的武功怪异，招式繁多，兵刃千奇百怪，打斗激烈紧张，需要有丰富的词汇才能表达出来。在这方面，汉语正好胜任。据粗略计算，收入汉语《同义词词林》的描写上肢动作的词就超过一百个，而英语中同是描写上肢的词就少多了。比如用剑刺和用冲拳直击，英语用同一个动词表示，用掌掴和用拳头捣，也用同一个动词。如果要描写更复杂一点的动作，就要附加相当多的修饰语。由于语言的局限，用英语写成的"武侠"小说，如民间流传的《侠盗罗宾汉》司各特的《艾凡赫》、史蒂文森的《黑箭》等等，都没有打斗的细致描写。这样一来，就不如中国武侠小说生动逼真了。

侠盗罗宾汉手下众好汉里，有一名力气过人的修士，但这毕竟是西方"武侠"小说中极少有的例子。基督教的出家人，无论修士或修女，都是发誓将自己奉献给上帝的人，他们同时又是上帝与世俗人之间的联系桥梁；如果说世俗人是羔羊，这些修士修女就是替上帝看管羊群的牧人。他们不必舞刀弄剑去行侠仗义，拯救世人自有上帝的力量，不然，为什么会有所谓"救世主"的称号呢？西方文学受宗教的左右，连西方"武侠"小说都未能例外。

不但儒释道三教皆有侠，而且这三教的思想在中国武侠小说中都有反映。比如一些最上乘的武功都来自某些武学秘籍，而这些武学秘籍则与佛经道藏和儒家经典密不可分。如"九阴真经"源于《老子》，"北冥神功"出自《庄子》，"降龙十八掌"的招式名称取自《易经》，"拈花指""多罗叶指""无相劫指"等少林寺绝技则以佛经词语命名，甚至连李白的《侠客行》诗和庄子的《庖丁解牛》寓言，也成了极厉害的武功心法，真是匪夷所思，神妙之极。《射雕英雄传》快结尾时，作恶多端的裘千仞在华山绝顶被洪七公义正词严地教训了一番，猛地良心发现，被一灯大师点化而去，正应了佛教禅宗"放下屠刀，立地成佛"这一说法。有些侠士研习上乘武功，可以在很短时间内练成，从而雄踞武林，又是禅宗"顿悟"的方法论的体现。至于道家的"无为"思想，则常常寓于一些无招无式但又厉害非凡的武功之中，所谓"无招胜有招"，用的正是"无为而无不为"之意。

西方"武侠"小说虽然也写了许多冒险奇遇，但同中国武侠小说比起来，它们的创作手法更趋于现实主义，那里面的人物同现实生活中的人区别不大。华罗庚说武侠小说是成人的童话，正是抓住了这个关键。童话有童话的世界，科幻小说有科幻的世界，中国的武侠小说也有自己独特的武侠世界。在这个武侠世界里，人的价值要按武功高下来衡量。武功高强的人才是人，才能立于世间；武功低微或不会武功者则如同虫蚁，动辄被杀，失去存在的价值。为了使武侠小说的世界同现实世界离得远一点，时代背景就要安排得古一些。梁羽生说，他的武侠小说的背景之所以写到清代就不再往后写，是因为近代出现了新式武器，武功的作用再不能写得太突出。其实，从保持距离更有利于在作品中创造一个新的世界这一点来看，梁羽生的话也是有道理的。巧得很，西方"武侠"小说作家的代表人物大仲马也说过："什么是历史？历史就是钉子，用来挂我的小说。"他也要保持一段距离。在这个方面，真是中西同行所见略同。

武林高手的悲哀与
"反武侠小说"

　　武侠小说家塑造了不少武功神异的武林高手，但面对着蚂蚁般的人群包围时，这些武林高手就无能为力了；而面对着枪炮等火器的袭击，这血肉之躯就更是无法抵挡。《书剑恩仇录》写陈家洛、文泰来等红花会英雄，被清将兆惠所率领的数万大军重重围困时，虽有上乘武功，也无法突围脱险，最后还是靠翠羽黄衫霍青桐率领回人大军解围。霍青桐运用兵法，诱使兆惠分兵出击，然后把敌人主力铁甲军逼入大泥淖中，尽数歼灭。后又利用地形地势，将已分兵出击的清军各个击破，共歼敌四万余人。如果单凭几个武林高手去搏杀，既不能杀出重围，也不能消灭这么多敌人的。《萍踪侠影录》中的张丹枫、澹台灭明和黑白摩诃，武功极高，属于第一流高手，但在瓦剌大军的红衣大炮炮口之下，却一筹莫展，因为他们知道，即使武功再高强十倍，也是无法抵受大炮的轰击的。《鹿鼎记》中的双儿，武功本远不及风际中，但凭着手中一支短铳火枪，"砰"的一声，便把风际中击毙了。以上数例说明，即使神功盖世的武林高手，也有他束手的时候。当他们赖以护身却敌的上乘武功无法施展开来的时候，当他们的武功无法与喷火武器匹敌的时候，他们就要受制于人了。这就是武林高手的悲哀之处！金庸、梁羽生等人深明乎此，所以自觉地把作品的时代背景下限于清代。梁羽生自白地说："近代已经有了枪炮，我的人物无法招架了。你以为真是有人能刀枪不入吗？就算你轻功怎么好，也快不过子弹的。所以不能写近代，再写就荒谬了。"这是很聪明的。

在一九八五年创刊于广州的《文艺与你》，曾经刊登过两篇名为"新武侠小说"，实是"反武侠小说"的妙文。这两篇小说，一为冰淇（刘斯奋）的《第九奇书》，一为武之疑的《寻仇》，其主题都是说明武林高手的绝世神功，在近代火器面前是无能为力的。《第九奇书》一篇，写众多的武林高手，为了争夺武林秘籍《第九奇书》而血战。据说很久很久以前，武林中出了一位智慧极高的人物。他武功之高，已到了超凡入圣的地步；而学识的博大精深，尤非一般人所能想象。他把毕生所学，著成九部奇书。每一部书中都记载着一种极深奥极厉害的武功。任何一个学武的人，只要练成其中的三招两式，就足以横行江湖；要是练成一部，就能控制武林中九分之一地盘；如果有谁天缘巧合，竟然把九部奇书中的武功全部练成，就将会无敌于天下，成为统治武林的霸主。这个美好前景，对不少野心勃勃的武林人物，具有极大的吸引力。随着时间的流逝，经过无数人的努力，前八部奇书被陆续找了出来，它果真给武林世界带来了一个又一个奇峰突起、鼎盛辉煌的时代。但同时也带来了无数互相仇杀的血腥悲剧，不少英雄好汉就因争夺这些奇书而命丧黄泉，抱恨终生。当不久前传出第九部奇书就藏在夺命谷时，三山五岳黑白两道的高手就蜂拥而至。经过七天七夜足以使天地变色、日月无光的残酷较量之后，最后只杀剩无上真人和乾坤杀手两个。再经过一番斗智斗力，乾坤杀手终于击毙无上真人，夺得了《第九奇书》。谁知这部据传能融合八大奇功的《第九奇书》，一页一页竟全是空白，只有在最后一页，才记有这样短短的一段话："预言：在未来的某个时候，一种为武林中人所不知的喷火武器必然出现，它将使一切盖世神功变得不堪一击。慎之，慎之！"此文写乾坤杀手与无上真人相斗，用了不少篇幅，为的是反衬结尾这一段话。如果说这结尾数句还只是预言的话，那么另一篇《寻仇》，就是实写玄妙武功不敌喷火武器的了。《寻仇》写太玄道长为对付仇家普陀老怪，躲在冰山石洞中苦练秘功，费了将近四十年，终于练成玄天大法。一日，一只金属巨鸟降落在太玄道长洞口，鸟肚子里走出一个青年，声言为报祖上积仇而来，说罢举起一支勃郎宁手枪，"砰"的一声，向太玄道长眉心射去。太玄道长穷四十年之功在洞中修炼，本以为炼得一身震世武功，可以抵御仇敌寻仇，谁料片刻之间便即毙命。这正是新式武器的厉害之处，血肉之躯是无法抵挡的。

新派武侠小说情节曲折，打斗紧张，吸引着层次不同的众多读者。但由于它只不过是成人的童话，里面的神功奇技是作了惊人的夸张的，因此在现今以枪炮为主的实战中，这些绝世武功便如堂·吉诃德手中的长枪一样可笑了。因此，金庸、梁羽生的作品不写近代，正是他们聪明的地方。他们对侠客的武功虽然作了神奇的夸张，但在他们的笔下，却始终未见有哪一个武侠是可以凭着武功战胜枪炮的轰炸扫射的。《第九奇书》和《寻仇》这两篇颇见匠心的反武侠小说，正是循着这个思路写成。两文作者，一个是颇有名气的作家，一个是著述甚丰的学者。二人均喜武侠小说，偶然心血来潮，大唱反调，写此妙文。在武侠小说与武打片充斥市面的今天，读读这两篇煞武侠威风的游戏文章，是颇能开颜一笑的。